Le roman au XXe siècle

NOTE DE L'ÉDITEUR

La première édition d'*Une autre histoire de la littérature française* est parue en deux volumes, chez NIL Éditions, en 1997 et en 1998.
Librio réédite le livre de Jean d'Ormesson en proposant dix livraisons :

Le Moyen Âge et le XVIe siècle (septembre 2000) :
Les quatre chroniqueurs – Villon – Rabelais – Du Bellay – Ronsard – Montaigne

Le théâtre classique (septembre 2000) :
Le classicisme – Corneille – Molière – Boileau – Racine

Les écrivains du grand siècle (novembre 2000) :
Retz – La Rochefoucauld – La Fontaine – Pascal – Mme de Sévigné – Bossuet – Mme de La Fayette – Saint-Simon

Les lumières (novembre 2000) :
Les Lumières – La Bruyère – Marivaux – Montesquieu – Voltaire – Rousseau – Diderot – Beaumarchais

Le romantisme (janvier 2001) :
Le romantisme – Chateaubriand – Lamartine – Vigny – Michelet – Hugo – Musset

Écrivains et romanciers du XIXe siècle (février 2001) :
Stendhal – Balzac – Dumas – Mérimée – Sand – Flaubert – Zola – Maupassant – Renard

La poésie au XIXe siècle (mars 2001) :
Desbordes-Valmore – Nerval – Baudelaire – Mallarmé – Verlaine – Lautréamont – Rimbaud

La poésie à l'aube du XXe siècle (avril 2001) :
Claudel – Toulet – Valéry – Péguy – Apollinaire – Larbaud – Saint-John Perse – Aragon – Le surréalisme

Le roman au XXe siècle, de Gide à Montherlant (mai 2001) :
Gide – Proust – Colette – Martin du Gard – Mauriac – Morand – Céline – Giono – Montherlant

Écrivains et romanciers du XXe siècle, de Malraux à la NRF (mai 2001) :
Malraux – Queneau – Simenon – Yourcenar – Sartre – Genet – Cioran – Caillois – Camus – Perec

Dans chaque volume :
Pour chacun des chapitres, le texte de Jean d'Ormesson est augmenté par une biographie, des extraits choisis et une bibliographie de l'auteur traité.
À la fin du volume, un tableau chronologique retrace les grands événements de la période.

Jean d'Ormesson
de l'Académie française

Une autre histoire de la littérature française

Le roman au XXe siècle

Librio

Texte intégral

Appareil critique réalisé par Valérie Lermite

Gide

(1869-1951)

Un janséniste saisi par le désir

Complexe, fuyant, dévoré d'inquiétude, écartelé entre des extrêmes qui se touchaient en lui, Gide est un puritain sensuel. Ses maîtres, dans son enfance, le croyaient demeuré : il couvait sa ferveur comme une fièvre contagieuse. Élevé parmi les soupirs d'un symbolisme expirant, il sacrifie à la mode avec le *Traité du Narcisse*, *La Tentative amoureuse* ou *Le Voyage d'Urien*. Chef-d'œuvre de réitération ironique et grinçante, *Paludes* – qui est l'histoire d'un homme en train d'écrire *Paludes* – marque, avec une subtilité souvent diabolique, la rupture avec le symbolisme et les cénacles parisiens. C'est dans *Paludes* que figure, parmi tant de trouvailles enchanteresses, l'apologie la moins convenue de la lucidité : « Tu me fais penser à ceux qui traduisent "*numero Deus impare gaudet*" par "le nombre deux se réjouit d'être impair" – et qui trouvent qu'il a bien raison. » Deux ans plus tard *Les Nourritures terrestres*, fruit d'un voyage en Algérie, chantent la ferveur et le désir, le refus et la liberté. Il reste dans *Les Nourritures* un peu de ce paradoxe qui faisait le charme de *Paludes* : à la façon, peut-être, d'une *Bhagavad-Gîtâ* occidentale, elles privilégient, dans le même souffle, l'ardeur et le détachement. « Nathanaël, je t'enseignerai la ferveur » et « Nathanaël, à présent jette mon livre ».

La clé de ce livre, qui se situe quelque part entre l'*Ecclésiaste* et Nietzsche et qui ne connut d'abord aucun succès avant de s'imposer comme un classique, est dans l'exaltation du désir au détriment de son objet. Ce qui compte seul, c'est l'amour : « Non pas la sympathie, Nathanaël – l'amour. » Et cet amour est tout à fait indépendant de la chose ou de l'être aimés : « Dieu n'habite pas l'objet – mais l'amour. »

La nouveauté des sentiments et de leur traitement fit que Nathanaël, le disciple bien-aimé, fut un peu pour André Gide ce que *René* avait été pour Chateaubriand : la source d'une gloire immense – bien que tardive – et de beaucoup de malentendus. Quand ils commencèrent à s'intéresser aux *Nourritures terrestres*, les jeunes gens s'imaginèrent volontiers qu'André Gide leur enseignait l'avidité et le goût des choses et des corps de cette Terre. C'était précisément le contraire. *Les Nourritures* constituaient, non « une glorification du désir et des instincts – mais une apologie du dénuement ». « Que l'importance soit dans ton regard, non dans la chose regardée. » Ou encore : « Je te le dis, en vérité, Nathanaël, chaque désir m'a plus enrichi que la possession toujours fausse de l'objet même de mon désir. »

Ce qu'enseigne, dans *Les Nourritures terrestres*, notre Zarathoustra hédoniste, c'est l'amour sans la possession. Le désir se renverse en refus. Ses flûtes et ses trompettes chantent « la victoire sur moi d'aucun dieu – ni la mienne ». On lit le livre dans la fièvre, on le jette par goût de la liberté. La destruction de toute règle devient elle-même une règle, et il est permis de la détruire. « Que mon livre t'enseigne à t'intéresser plus à toi qu'à lui-même – puis à tout le reste plus qu'à toi. » Gide s'impose, puis se nie et mène à n'importe quoi. Il n'en finit pas de choisir l'hésitation, c'est l'âne de Buridan de la compréhension universelle et la formule de Jules Renard lui convient assez bien : « Une fois que ma décision est prise, je balance longuement. »

La contradiction et le déchirement sont l'essentiel de Gide. « Gide n'a cessé d'être divisé contre lui-même, écrit Mauriac. Un gémissement inénarrable couvrait la voix de l'homme charnel. » *Saül* répond aux *Nourritures* comme l'austérité de *La Porte étroite*, au titre si janséniste, répond à *L'Immoraliste* qui célèbre la joie du corps et le monde des formes, des couleurs, des parfums. Gide collabore à la revue *L'Ermitage* où il retrouve Claudel, Ghéon, Francis Jammes, catholiques s'il en est. Et, après avoir fondé la NRF avec Copeau et Schlumberger, il rompt avec le catholicisme. *Les Caves du Vatican*, qui doivent beaucoup de leur célébrité au personnage de Lafcadio, héros de l'acte gratuit, plus proche du surréalisme que de la morale puritaine, puis *Corydon*, contesté par Proust qui préférait pour l'homosexualité un statut plus feutré, et surtout *Si le grain ne meurt* illustreront cette rupture.

La politique nourrit les mêmes contradictions. « J'ai besoin du bonheur de tous pour être heureux », disait Gide. *Voyage au Congo* et *Retour du Tchad* marquent sa lutte contre le colonialisme. Le communisme le séduit. Il écrit dans les pages de son journal intime qu'il est prêt à donner sa vie pour le triomphe de l'URSS. *Retour de l'URSS* et *Retouches à mon Retour de l'URSS* marquent au moins une évolution et un infléchissement de ces bons sentiments. Et sans doute un peu plus : un complet renversement. Entre une volonté d'engagement et le goût de l'acte gratuit si cher à Lafcadio, la lutte ne cesse de se poursuivre chez ce maniaque de l'intelligence, chez cet équilibriste passionné, jusqu'à sa mort ambiguë. Benda pouvait parler à juste titre d'une « absence de système qui touche au pathologique ». Tout choix, pour lui, est un suicide.

Flanqué de son inquiétude et de sa sérénité comme de jumeaux inséparables, Gide refuse l'Académie française, mais non tous les honneurs : docteur *honoris causa* d'Oxford, prix Nobel de littérature en 1950. La représentation des *Caves* – plutôt médiocre – à la Comédie-Française, en présence du président de la République, prend des allures d'apothéose : *Les Caves du Vatican* d'André Gide au Théâtre-Français, c'est le couronnement de Voltaire sur la scène où est jouée *Irène*.

Gide est l'anti-Barrès. Inlassablement balancé, en des aspirations contradictoires, entre la liberté sans frein et le conformisme, cévenol par son père, normand par sa mère – « Où voulez-vous, monsieur Barrès, que je m'enracine ? » –, il n'en finit jamais de briser avec les lois et avec les coutumes et de libérer les adolescents. Son « Familles, je vous hais » est le cri de révolte et de ralliement contre l'engourdissement du bien-être moral. La formule tranchante de Sartre : « Il n'y a pas de bon père, c'est la règle » n'ajoutera pas grand-chose. Gide est le héraut des inquiétudes du réveil et des départs à l'aube, des rencontres avec l'inconnu et des promesses d'autre chose. Il illustre avant la lettre les mots si beaux de Michaux : « La jeunesse, c'est quand on ne sait pas ce qui va arriver. » Le passant à peine entrevu vient arracher l'enfant à la tiédeur familiale et lui apprendre que les fruits sont meilleurs sous des cieux étrangers. Où est Dieu ? Partout ailleurs. Le seul crime est de se fixer. Il faut toujours partir, quitte à revenir après être parti. Gide ne déteste pas les retours dans le rang, pourvu qu'ils suivent les transgressions. C'est toute la leçon du beau *Retour de l'enfant prodigue* où seule la rupture donne un sens à la douceur du veau gras.

Voilà pourquoi, à la différence d'un Proust qui se confond avec son œuvre ou d'un Claudel qui ne varie jamais d'un iota dans tout ce qu'il écrit, Gide n'est jamais tout entier dans aucun de ses livres. C'est un esprit non prévenu, c'est un insoumis, c'est un ardent partisan d'une contradiction permanente qui n'est pas seulement acceptée, mais hautement revendiquée.

Ferveur, inquiétude, fuite, disponibilité, acte gratuit, refus de tout choix : par un paradoxe qui n'en est pas un – notre littérature n'aime rien tant que d'accueillir des marginaux et de couronner des révoltés –, ce rebelle s'inscrit avec éclat dans la plus haute tradition du classicisme français. Offrant le monde d'une main, le refusant de l'autre, chantre du dépouillement et du désir à la fois, c'est un janséniste enivré de bonheur. Il arrive à des mollesses symbolistes de gâcher parfois son style. N'importe. Par son inquiétude toujours en éveil, par ses contradictions qui annoncent tout le siècle, par sa lucidité mêlée à tant de fièvre, par son intelligence qui ne fait jamais la bête parce qu'elle ne fait jamais l'ange, et qui ferait plutôt le diable, il n'est pas indigne du titre que Malraux – ou peut-être plutôt, selon d'autres, André Rouveyre – lui avait décerné : « le contemporain capital ».

Biographie

22 ***novembre*** *1869. Naissance d'André Gide à Paris.*
1876. Cours de piano.
1877. À l'École alsacienne. Renvoyé trois mois pour « mauvaises habitudes ». Séjour à La Roque, en Normandie.
28 ***octobre*** *1880. Mort de son père.*
Novembre *1880. Début de correspondance avec son oncle, Charles Gide.*
Octobre *1881. Au lycée de Montpellier. Brimades de ses camarades.*
Noël *1881. À Rouen avec ses cousines Madeleine, Jeanne et Valentine Rondeaux.*
Mai *1882. À Lamalou-le-Haut pour soigner des crises d'angoisse.*
Novembre *1882. À Rouen, chez les Rondeaux. Découvre que sa cousine Madeleine souffre des incartades conjugales de sa mère Mathilde.*
Janvier-mars *1883. Sur la Côte d'Azur avec sa mère.*
Été *1884. À La Roque. Y rencontre François Witt-Guizot.*
1er ***juin*** *1885. Aux obsèques de Victor Hugo.*
Hiver *1886. Leçons de piano avec Marc de Lanux.*
Octobre *1887. À l'École alsacienne où il rencontre Pierre Louÿs.*
Été *1888. Fin de son amitié avec Witt-Guizot. Passion pour Madeleine.*
Octobre *1888. Au lycée Henri-IV. Y rencontre Léon Blum.*
1889. Publie ses premiers vers ; signe Zan-Bal-Dar.
Été *1889. Voyage en Bretagne.*
Octobre *1889. Reçu au baccalauréat. Décide d'arrêter les études et demande Madeleine en mariage.*
Janvier *1890. Avec Pierre Louÿs, rend visite à Verlaine à l'hôpital.*
Décembre *1890. Rencontre Paul Valéry à Montpellier : début d'une longue amitié.*
Janvier *1891. Madeleine refuse la demande en mariage.*
2 ***février*** *1891. Rencontre Mallarmé. Se rend aux mardis du poète.*
Décembre *1891. Rencontre Oscar Wilde chez Henri de Régnier.*
15 ***novembre*** *1892. Début du service militaire qui se termine très vite pour cause de « tuberculose ».*
1893. Rencontre Francis Jammes. Voyage en Espagne avec sa mère.
Octobre *1893. Part pour l'Afrique du Nord avec le peintre Paul-Albert Laurens.*
Printemps *1894. Retour en France.*
Janvier *1895. Retrouve Oscar Wilde à Alger : ce dernier lui apprend les « mauvais lieux ».*
31 ***mai*** *1895. Mort de sa mère.*
Juin *1895. Fiançailles avec Madeleine.*
7 ***octobre*** *1895. Mariage avec Madeleine.*
Mai *1896. Élu maire de La Roque. Rupture avec Pierre Louÿs.*

1897. *Début de sa collaboration à la revue* L'Ermitage *dirigée par Édouard Ducoté.*

Juin 1897. *Rend visite à Oscar Wilde près de Dieppe.*

Décembre 1897. *Part avec Madeleine pour un long voyage : Marseille, Suisse, Italie.*

Mai 1898. *Retour à Paris.*

Mars 1899. *Voyage en Algérie avec Madeleine.*

Juin 1899. *Rencontre Maria Van Rysselberghe : début d'une amitié durable avec la « petite dame ».*

Décembre 1899. *Tient la chronique des livres à* La Revue blanche.

Mars 1900. *Gide vend sa propriété normande.*

Mai 1901. *Échec de sa pièce* Le Roi Candaule.

Décembre 1902. *Première lettre de Jacques Copeau.*

Avril 1903. *Première rencontre avec Jacques Copeau : début d'une longue amitié.*

Octobre 1903. *Nouveau voyage en Afrique du Nord.*

1904. *Début de son amitié avec Jean Schlumberger.*

Décembre 1904. *Dirige* L'Ermitage *avec Remy de Gourmont.*

1905. *Liaison de Gide et de Ghéon avec Maurice Schlumberger. Rencontres avec Paul Claudel.*

1906. *Crises nerveuses dues à sa liaison avec Ghéon et Schlumberger.*

Décembre 1906. *Dernier numéro de* L'Ermitage.

1907. *Voyage à Berlin avec Jacques Copeau puis à Jersey en juillet.*

25 **janvier** 1908. *Rencontre Guillaume Apollinaire.*

15 **novembre** 1908. *Premier numéro de* La Nouvelle Revue française.

1er **février** 1909. *Premier numéro nouvelle formule de* La Nouvelle Revue française.

Printemps 1909. *En Italie avec Maria Van Rysselberghe.*

1910. *Brouille avec Jammes.*

Mars-avril 1910. *En Espagne avec Jacques Copeau.*

1910. *La* NRF *fonde un comptoir d'édition dont Gaston Gallimard est le gérant. Gide rencontre Rainer Maria Rilke.*

1911. *Réconciliation avec Jammes.*

Juillet 1911. *À Londres avec Valery Larbaud. Rencontre Joseph Conrad.*

Novembre 1911. *Rencontre Saint-John Perse.*

Avril 1912. *À Florence avec Henri Ghéon et Valery Larbaud.*

1912. *Rencontre Henry James à Londres.*

Avril-mai 1913. *En Italie avec François-Paul Alibert, Henri Ghéon et Eugène Rouart.*

Novembre 1913. *Rencontre Roger Martin du Gard.*

Janvier 1914. *Écrit son admiration à Proust.*

Mai 1914. *Rupture avec Paul Claudel.*

1914-1915. S'occupe du Foyer franco-belge qui accueille les réfugiés des territoires envahis.

***Janvier** 1916. Crise religieuse consécutive à la conversion de Ghéon.*

1916. Sympathie passagère pour les opinions de L'Action française.

***Mai** 1917. Liaison avec Marc Allégret.*

***Août** 1917. En Suisse avec Marc et André Allégret. Y voit Stravinski.*

***Juin** 1918. Part pour trois mois à Londres avec Marc Allégret. À son retour, la destruction de ses lettres par Madeleine le plonge dans une crise nerveuse.*

1919. Rencontre Jean Paulhan, Louis Aragon et Philippe Soupault.

***Juin** 1919. Reparution de la* NRF *après la guerre sous la direction de Jacques Rivière.*

***Juillet** 1920. Paulhan secrétaire de la* NRF.

***Avril** 1921. Lecture de Freud.*

***Novembre** 1921. Première campagne de l'extrême droite contre Gide. Rencontres avec Marcel Proust.*

***Mars** 1922. Aux conférences de la psychanalyste polonaise Eugenia Sokolnicka.*

*22 **août** 1922. Elisabeth Van Rysselberghe attend un enfant de Gide.*

*20 **novembre** 1922. Voit Proust sur son lit de mort.*

*18 **avril** 1923. Naissance de sa fille Catherine.*

***Mai** 1924. Nouvelles attaques de l'extrême droite.*

***Décembre** 1924. Opéré de l'appendicite, l'idée de la mort le hante.*

***Mai** 1925. Marc Allégret tourne une scène avec Gide et Paul Valéry.*

***Juillet** 1925. Part avec Marc Allégret pour le Congo, missionné par le gouvernement français. Il vend une partie de sa bibliothèque avant son départ.*

1928. Voyage à Berlin.

***Mars** 1929. Entre en contact avec Jean Giono.*

1931. Préface à Vol de nuit *de Saint-Exupéry.*

1932. Se rapproche du parti communiste.

1933. Rencontre Jean Genet et C.-F. Ramuz.

1934. À Berlin avec Malraux pour faire libérer le communiste Georges Dimitrov.

1935. Rencontre Georges Simenon qu'il admire.

***Juin** 1936. Voyage en URSS avec Eugène Dabit et Louis Guilloux.*

*20 **juin** 1936. Éloge funèbre de Maxime Gorki sur la place Rouge.*

1936. Rompt avec le communisme.

*17 **avril** 1938. Mort de Madeleine.*

***Octobre** 1939. S'installe à Nice à la suite des nombreuses attaques dont il est la cible.*

1939. Premier écrivain à entrer de son vivant dans la collection de la Pléiade. Gide reconnaît Catherine, sa fille.

1941. Rencontre Henri Michaux. Rompt avec la NRF *de Drieu La Rochelle. Rencontres avec Malraux et Sartre.*

***Mai** 1942. Rencontre Jean-Louis Barrault à Marseille.*

***Juin** 1942. Voyage en Tunisie puis en Algérie.*

***Octobre** 1943. Rencontre Henri Bosco.*

*13 **juin** 1944. Mort de Ghéon.*

***Février** 1944. Participe à la fondation de la revue* L'Arche *à Alger avec Camus et Blanchot.*

***Janvier** 1945. Refuse de signer l'appel favorable à Brasillach.*

*6 **mai** 1945. Retour d'Algérie.*

*13 **janvier** 1947. À la conférence d'Artaud au Vieux-Colombier.*

***Octobre** 1947. Première du* Procès *adapté par Gide et Barrault.*

1947. Prix Nobel de littérature. Docteur honoris causa *à Oxford.*

1948. Les Caves du Vatican *sont adaptées au théâtre.*

1950. Les Caves du Vatican *sont représentées à la Comédie-Française.*

1951. Avec André Gide, *film de Marc Allégret.*

*19 **février** 1951. Mort de Gide.*

*1er **juin** 1952. L'ensemble de son œuvre est mis à l'Index.*

Œuvres

1890. Les Cahiers d'André Walter
1892. Le Traité du Narcisse *(Théorie du symbole)*
Poésies d'André Walter
1893. Le Voyage d'Urien *(illustré par Maurice Denis)*
La Tentative amoureuse ou le Traité du vain désir
1895. Paludes
1897. Les Nourritures terrestres
Feuilles de route 1895-1896
Réflexions sur quelques points de littérature et de morale
1899. Philoctète
1901. Le Roi Candaule
1902. L'Immoraliste
1903. Prétextes
Saül
1906. Amyntas
1907. Le Retour le l'enfant prodigue
1909. La Porte étroite
1910. Oscar Wilde
1911. Nouveaux Prétextes
Isabelle
1912. Le Retour de l'enfant prodigue *(précédé de :* Le Traité du Narcisse, La Tentative amoureuse, El Hadj, Philoctète, Bethsabé*)*
1913. L'Offrande lyrique *de Rabindranath Tagore (traduction)*
1914. Souvenirs de la cour d'assises
Les Caves du Vatican
1918. Typhon *de Joseph Conrad (traduction)*
1919. La Symphonie pastorale
1920. Corydon
Si le grain ne meurt *(première partie)*
Antoine et Cléopâtre *de Shakespeare (traduction)*
1921. Morceaux choisis
Si le grain ne meurt *(deuxième partie)*
1922. Numquid et tu... ?
Amal et la Lettre du roi *de Rabindranath Tagore (traduction)*
Le Mariage du ciel et de l'enfer *de William Blake (traduction)*
1923. La Dame de pique *de Pouchkine (traduction avec Jacques Schiffrin et Boris de Schloezer)*
Dostoïevski
1924. Incidences
Corydon *(édition courante)*

1926. Les Faux-Monnayeurs
Si le grain ne meurt *(édition courante)*
1927. Voyage au Congo
1928. Le Retour du Tchad
1929. L'École des femmes
1930. Robert
Œdipe *(drame)*
La Séquestrée de Poitiers
L'Affaire Redureau
1932. Œuvres complètes *(début)*
1934. Perséphone *(mélodrame)*
1935. Les Nouvelles Nourritures
1936. Retour de l'URSS
Geneviève ou la Confidence inachevée
1937. Retouches à mon « Retour de l'URSS »
1938. Et nunc manet in te
1939. Journal 1889-1939
1943. Interviews imaginaires
1944. Hamlet *(traduction)*
1946. Journal 1939-1942
Thésée
1948. Correspondance avec Francis Jammes
1949. Journal 1942-1949
Correspondance avec Paul Claudel
Anthologie de la poésie française
1950. Correspondance avec Charles Du Bos
1952. Ainsi soit-il ou Les jeux sont faits *(posthume)*
1956. Conseils au jeune écrivain *(posthume)*

Extraits choisis

1890. Protos, escroc italien, dépouille des gens pieux en leur laissant croire que Léon XIII est emprisonné depuis trois ans et remplacé à son poste par un sosie. Amédée Fleurissoire part sur les routes pour enquêter et glaner des informations à ce sujet. Entre Rome et Naples, il s'installe dans le compartiment du train occupé par un charmant jeune homme, Lafcadio. Ce dernier vient de retrouver son père, Juste-Agénor de Baraglioul, qui, sans reconnaître sa paternité, lui verse pension. La présence de Fleurissoire dans son compartiment lui donne l'idée qu'il pourrait tout aussi bien tuer cet homme laid et ridicule sans raison et sans qu'on le voie.

Les Caves du Vatican

Par la porte à coulisse du couloir, Amédée Fleurissoire venait d'entrer.

Fleurissoire avait voyagé seul dans son compartiment jusqu'à la station de Frosinone. À cet arrêt du train, un Italien entre deux âges était monté dans le wagon, s'était assis non loin de lui et avait commencé à le dévisager d'un air sombre qui promptement invita Fleurissoire à déguerpir.

Dans le compartiment voisin, la jeune grâce de Lafcadio, tout au contraire, l'attira :

« Ah ! l'aimable garçon ! presque un enfant encore, pensa-t-il. – En vacances sans doute. Qu'il est bien mis ! Son regard est candide. Quel repos ce sera de dépouiller ma défiance ! S'il savait le français je lui parlerais volontiers... »

Il s'assit en face de lui, dans un coin près de la portière. Lafcadio releva le bord de son castor et commença de le considérer d'un œil morne, indifférent en apparence.

« Entre ce sale magot et moi, quoi de commun ? songeait-il. On dirait qu'il se croit malin. Qu'a-t-il à me sourire ainsi ? Pense-t-il que je vais l'embrasser ! Se peut-il qu'il y ait des femmes pour caresser encore les vieillards !... Il serait bien surpris sans doute d'apprendre que je sais lire écriture ou imprimé, couramment, à l'envers ou par transparence, au verso, dans les glaces ou sur les buvards ; trois mois d'études et deux années d'apprentissage ; et cela pour l'amour de l'art. Cadio, mon petit, le problème se pose :

faire accroc à cette destinée. Mais par où ?... Tiens ! Je vais lui offrir du cachou. Qu'il accepte ou non, nous verrons toujours bien dans quelle langue. »

— Grazio ! grazio ! – dit Fleurissoire en refusant.

— Rien à faire avec le tapir. Dormons !

[...]

Lafcadio, bien que les yeux fermés, ne dort pas ; il ne parvient pas à dormir.

« Le petit vieux, que je sens là, croit que je dors, pensait-il. Si j'entrouvrais les yeux, je le verrais qui me regarde. Protos prétendait qu'il est particulièrement difficile de feindre de dormir tout en prêtant attention ; il se fait fort de reconnaître le faux sommeil à ce léger petit tremblement des paupières... que je réprime en ce moment. Protos lui-même y serait pris... »

Le soleil cependant s'était couché ; déjà s'atténuaient les reflets derniers de sa gloire, que Fleurissoire ému contemplait. Tout à coup, au plafond voûté du wagon, l'électricité jaillit dans le lustre ; éclairage trop brutal, auprès de ce crépuscule attendri ; et, par crainte aussi qu'il ne troublât le sommeil de son voisin, Fleurissoire tourna le commutateur, ce qui n'amena point l'obscurité complète, mais dériva le courant du lustre central au profit d'une lampe veilleuse azurée. Au gré de Fleurissoire cette ampoule bleue versait trop de lumière encore ; il donna un tour de plus à la clavette ; la veilleuse s'éteignit, mais s'allumèrent aussitôt deux appliques pariétales, plus désobligeantes que le lustre du milieu ; un tour encore, et la veilleuse de nouveau : il s'y tint.

[...]

Lafcadio redonna de la lumière. Le train longeait alors un talus, qu'on voyait à travers la vitre, éclairé par cette lumière de chaque compartiment projetée ; cela formait une suite de carrés clairs qui dansaient le long de la voie et se déformaient tour à tour selon chaque accident du terrain. On apercevait au milieu de l'un d'eux, danser l'ombre falote de Fleurissoire ; les autres carrés étaient vides.

« Qui le verrait ? pensait Lafcadio. Là, tout près de ma main, sous ma main, cette double fermeture, que je peux faire jouer aisément ; cette porte qui, cédant tout à coup, le laisserait crouler en avant ; une petite poussée suffirait ; il tomberait dans la nuit comme une masse ; même on n'entendrait pas un cri... Et demain, en route pour les îles !... Qui le saurait ? »

La cravate était mise, un petit nœud marin tout fait ; à présent Fleurissoire avait repris une manchette et l'assujettissait au poignet droit ; et, ce faisant, il examinait, au-dessus de la place où il était assis tout à l'heure, la photographie (une des quatre qui décoraient le compartiment) de quelque palais près de la mer.

« Un crime immotivé, continuait Lafcadio : quel embarras pour la police ! Au demeurant, sur ce sacré talus, n'importe qui peut, d'un compartiment voisin, remarquer qu'une portière s'ouvre, et voir l'ombre du Chinois cabrioler. Du moins les rideaux du couloir sont tirés... Ce n'est pas tant des événements que j'ai curiosité, que de moi-même. Tel se croit capable de tout, qui, devant que d'agir, recule... Qu'il y a loin, entre l'imagination et le fait !... Et pas plus le droit de reprendre son coup qu'aux échecs. Bah ! qui prévoirait tous les risques, le jeu perdrait tout intérêt !... Entre l'imagination d'un fait et... Tiens ! le talus cesse. Nous sommes sur un pont, je crois ; une rivière... »

Sur le fond de la vitre, à présent noire, les reflets apparaissaient plus clairement, Fleurissoire se pencha pour rectifier la position de sa cravate.

« Là, sous ma main, cette double fermeture – tandis qu'il est distrait et regarde au loin devant lui – joue, ma foi ! plus aisément encore qu'on eût cru. Si je puis compter jusqu'à douze, sans me presser, avant de voir dans la campagne quelque feu, le tapir est sauvé. Je commence : Une ; deux ; trois ; quatre ; (lentement ! lentement !) cinq ; six ; sept ; huit ; neuf... Dix, un feu... »

II

Fleurissoire ne poussa pas un cri. Sous la poussée de Lafcadio et en face du gouffre brusquement ouvert devant lui, il fit pour se retenir un grand geste, sa main gauche agrippa le cadre lisse de la portière, tandis qu'à demi retourné il rejetait la droite en arrière par-dessus Lafcadio, envoyant rouler sous la banquette, à l'autre extrémité du wagon, la seconde manchette qu'il était au moment de passer

Lafcadio sentit s'abattre sur sa nuque une griffe affreuse, baissa la tête et donna une seconde poussée plus impatiente que la première ; les ongles lui raclèrent le col ; et Fleurissoire ne trouva plus où se raccrocher que le chapeau de castor qu'il saisit désespérément et qu'il emporta dans sa chute.

« À présent, du sang-froid, se dit Lafcadio. Ne claquons pas la portière : on pourrait entendre à côté. »

Il tira la portière à lui, contre le vent, avec effort, puis la referma doucement.

André GIDE, *Les Caves du Vatican*

Proust

(1871-1922)

L'amour et le temps

Né, au lendemain de la guerre de 1870, dans une maison bourgeoise d'Auteuil, Marcel Proust appartient à cette famille magnifique et misérable des nerveux qui est le sel de la terre. Il était faible, rêveur, fragile, d'une sensibilité maladive et il souffrait du rhume des foins. Un jour, à l'âge de neuf ans, en rentrant du bois de Boulogne, il fut pris d'une crise d'asthme si violente que son père, qui avait d'abord voulu être prêtre mais qui était devenu médecin, crut qu'il allait mourir. Plus que son père, l'enfant aimait sa mère. Le comble de la misère pour lui était d'« être séparé de Maman ».

Aux Champs-Élysées, l'enfant jouait avec des petites filles et des petits garçons. La préférée était une petite fille russe qui s'appelait Marie de Benardaky. Ces images de l'enfance qui s'estompent chez la plupart d'entre nous devaient laisser une trace ineffaçable dans la mémoire si impressionnable et si frémissante de celui qu'on appelle volontiers, avec une nuance d'affection vaguement ironique, protectrice et inquiète, le petit Marcel. Au lycée Condorcet, où il poursuit, malgré sa santé, des études brillantes, puis au service militaire, plus tard à la Sorbonne et à l'École des sciences politiques, sa vivacité et sa gentillesse font de lui la coqueluche de ses camarades. Il se lie successivement avec Robert de Billy, avec Fernand Gregh, le poète, avec Daniel Halévy, qui appartenait à une famille étonnante où tout le monde avait du talent, avec Robert de Flers, futur directeur du *Figaro*, auteur immortel, avec Armand de Caillavet, de *L'Habit vert* et du *Roi*, puis avec Léon Daudet, qui devait devenir, aux côtés de Maurras, un des chefs de file de l'Action française, avec les Bibesco, des Roumains irrésistibles de charme et de drôlerie et avec Robert de Montesquiou, poète désastreux et spirituel, avec Bertrand de Fénelon surtout, qu'il allait faire entrer vivant dans la littérature française sous le nom à jamais de Robert de Saint-Loup.

Le jeune Marcel aimait sa mère. Il aimait aussi la littérature. Avec Fernand Gregh, Daniel Halévy et Robert de Flers, il avait fondé une revue qui ne devait connaître que huit numéros et qui s'appelait *Le Banquet.* Plus tard, il collabora à *La Revue blanche* et au *Figaro* en même temps qu'il fréquentait avec une passion mystique les milieux mondains et les salons du faubourg Saint-Germain où l'éclat des noms chargés d'histoire et de rêves le précipitait dans des espèces de transes. Parce que son imagination lui faisait revivre la splendeur et les exploits de leurs ancêtres disparus, il poursuivait de ses assiduités les duchesses et les cercleux. Il y a des snobs par intérêt, par faiblesse, par masochisme, par bassesse. Il était snob par imagination. Il s'agitait dans les souvenirs de beauté et de grandeur qui se cachaient derrière le nom de gens qui se croyaient supérieurs et qui lui étaient très inférieurs. « Cérémonieux et désordonné, il ressemblait, écrit Colette, à un garçon d'honneur ivre. »

Proust pensait, contre Sainte-Beuve et Taine, que l'homme qui écrit un livre est radicalement différent de l'homme dans ses activités sociales. Et, en effet, derrière le jeune homme trop aimable qui se jetait, dans les salons ou dans les garden-parties, à la tête des baronnes qui le regardaient d'un œil torve et que beaucoup fuyaient comme un raseur et un snob, se profilait en secret un immense écrivain qui, après avoir traduit Ruskin en français et s'être essayé lui-même à quelques joliesses secondaires, se consacrait tout entier à la rédaction d'une œuvre unique et immense où éclatait un génie longtemps dissimulé sous la gentillesse et sous la mondanité. Il échappait aux duchesses et aux chroniques du *Figaro* pour s'élever, au travers d'une maladie qui lui tenait lieu de salut, à la hauteur d'un Montaigne, d'un Saint-Simon ou d'un Chateaubriand.

Ce n'est pas assez dire que Marcel Proust a consacré sa

vie à son œuvre : comme Flaubert, comme Balzac dont il est si différent, il a échangé sa vie contre son œuvre. Sa constitution fragile et jusqu'à son asthme l'ont servi : il s'est enfermé chez lui dans une chambre tapissée de liège et hermétiquement close où il échappait à la fois aux tentations d'un monde qu'il avait trop aimé et au pollen qui lui faisait tant de mal. Et il écrivait son chef-d'œuvre entre Agostinelli, son chauffeur-secrétaire, qui mourra victime d'un accident d'avion et qui, disparu, deviendra, en changeant de sexe, une des sources d'Albertine, et Céleste Albaret qui donnera tant de traits à Françoise. Chez Proust, comme chez Dante, chez Chateaubriand ou chez Mallarmé, la vie, à travers l'échec, la maladie et la mort, aboutit à un livre où ressuscite tout un monde.

La vie de Proust se confond dès lors avec son œuvre qui est le récit d'une vie en train de se changer en œuvre. Quelques anecdotes parsèment encore la vie, mais toutes se rattachent à l'œuvre. Proust éprouve des difficultés à trouver un éditeur, tant son livre est nouveau, original et troublant. Agacé sans doute par la réputation superficielle de l'auteur – « littérature de rive droite », où abondent les gens du monde –, André Gide, à la NRF, refuse d'abord le manuscrit, avant de se repentir et de passer son temps à racheter son erreur. Quelques années plus tard, Léon Daudet, génie dénicheur qui contribuera aussi à la découverte de Céline, fait décerner le Goncourt à Marcel Proust et le rend célèbre d'un seul coup. Au sortir des fadaises d'un symbolisme languissant, Proust est, dans la littérature française, à l'origine d'une révolution aussi importante, ou peut-être plus, que celle de Freud dans la littérature de langue allemande ou celle de Joyce dans la littérature anglo-saxonne.

On s'est beaucoup demandé si *À la recherche du temps perdu* était des Mémoires camouflés, une histoire de la société française au début du XXe siècle ou une investigation psychologique. Ce sont des interrogations un peu vaines. C'est d'abord un roman à la construction rigoureuse. Et non pas seulement une analyse minutieuse des recoins minuscules de la mémoire ou du cœur, mais la conquête audacieuse des lois générales de l'esprit et du monde. Le microscope de Proust est en réalité un télescope.

Il y a eu des lecteurs – il y en a de moins en moins – pour juger Proust ennuyeux et obscur et pour trouver qu'il écrivait mal, sans queue ni tête, à la va-comme-je-te-pousse. Ce qui est frappant, au contraire, c'est la force et la hardiesse d'un projet qui rappelle ces cathédrales où la foule innombrable des détails se fond dans un miracle d'équilibre et d'élan. Le roman de Proust est d'abord un cycle, une structure, d'une cohérence et d'une unité remarquables. « La dernière page du *Temps retrouvé*, affirmait Proust lui-même, se refermera exactement sur la première page de *Swann.* » La démarche de Proust fait souvent penser à un système d'excroissances anarchiques et monstrueuses mais, sous les phrases si longues et parfois embrouillées, l'unité du projet ne cesse jamais de s'affirmer.

D'où vient cette unité ? Le titre de l'œuvre l'indique. De la souffrance devant le temps qui passe et de nos efforts pour retrouver, dans toutes les formes du souvenir et à travers le travail souvent douloureux de la mémoire, tout ce qu'il a emporté et tout ce qu'il nous a arraché. La *Recherche,* en ce sens, est une quête, une initiation, une sorte d'ascèse quasi mystique. Le snob est un moine. Le mondain est un saint laïque.

Cette quête d'un Graal qui se confondrait avec un passé évanoui est menée à coups d'échos, de symétrie, de métaphores, de signes. Une sorte de vertige vous prend à la lecture de Proust. Il y a des livres linéaires où l'intelligence brille d'un éclat froid et sec. *À la recherche du temps perdu* est un livre circulaire, plein de miroirs déformants et de correspondances. Sa lecture obsède et suffoque. Tout lecteur de Proust est un intoxiqué.

Cette quête du temps évanoui, qui recoupe certaines des vues de Bergson et qui doit beaucoup aux grands mémorialistes comme Saint-Simon ou Chateaubriand, passe par des personnages qui ont acquis autant de réalité que le père Goriot ou Gavroche : Swann, Odette, le baron de Charlus, la duchesse de Guermantes, Robert de Saint-Loup, Bergotte, Elstir, Vinteuil nous sont devenus aussi familiers que Mme Bovary ou Fabrice del Dongo. Proust est d'abord un romancier de génie qui nous fait vivre avec ses personnages. Nous les voyons, nous les entendons, nous pénétrons avec eux dans le salon des Guermantes ou de Mme Verdurin, nous respirons l'air du temps et nous souffrons avec Swann de la jalousie que lui inspirent l'attitude d'Odette et les mystères de sa conduite.

L'amour, qui entretient avec le temps des liens si étroits et si redoutables, joue tout naturellement un rôle essentiel dans la *Recherche.* L'amour, chez Proust, est cruel jusqu'à l'intolérable. Il trouve, pour en parler, des formules courtes et incisives qui font contraste avec ses longues phrases compliquées : « L'amour, c'est l'espace et le temps rendus sensibles au cœur » ou « J'appelle ici amour une torture réciproque ». L'amour, chez Proust, est aussi sombre que chez Racine, mais pour des raisons différentes. Il se confond avec la jalousie. Il est miné par le temps qui passe. Même malheureux et condamné, il cherche encore avec obstination à survivre dans le cœur de la victime qui s'efforce de l'oublier, et pourtant de le préserver. Il est frappé de malédiction.

Au fil des pages de la *Recherche*, le petit Marcel, le chroniqueur mondain du *Figaro*, le snob des salons du faubourg Saint-Germain, se change en un analyste et un expérimentateur féroce de l'amour et du sexe. Toutes les formes de déviations défilent dans son œuvre, non pour séduire ni pour choquer, mais pour pousser aussi loin que possible l'exploration du cœur humain et de ses abîmes. Proust est présent à chaque page de son livre – et il en est étrangement absent : il regarde ce qui se passe et il cherche un secret. Comment ne tomberait-il pas sur le sexe ? Le sexe en dit plus long sur l'homme que toute la comédie sociale qui tient le devant de la scène et dont l'auteur de la *Recherche* est le peintre magistral. Proust est un artiste, le plus artiste peut-être de nos grands écrivains ; c'est aussi un chercheur, un découvreur, un explorateur. Son livre est une cathédrale pleine de fleurs et aux vitraux de couleur, où se presse une foule élégante et où s'élèvent des cantiques ; c'est aussi un laboratoire où grouillent des hordes de rats et où d'affreuses expériences sont menées pour l'avancement de la science.

Le fond de l'affaire est que Proust ne croit guère à ce qui

devait devenir un des lieux communs de la pensée collective vers la fin de notre siècle : la communication. La naïveté, la confiance mutuelle, la fusion des âmes, la transparence des cœurs ne sont pas son fort. Proust, qui était si gentil dans la vie de chaque jour, est impitoyable dans son œuvre, et jusqu'à l'atrocité. L'univers de Proust est tout fait de beauté, d'arbres en fleurs, d'œuvres d'art, d'élévation – et de cruauté entre les êtres.

Ce monde étouffant, la drôlerie y règne. Il est difficile de lire Proust, qui a longtemps passé pour un auteur ennuyeux, sans éclater de rire. Le comique des descriptions, des attitudes, des conversations, ne cesse jamais de se conjuguer avec la beauté des haies d'aubépine et des jardins sous le soleil, et avec l'horreur de ces passions qui torturent les humains.

Comme beaucoup de grands romanciers, comme Faulkner avec le Sud, comme Singer avec les Juifs de Pologne, Proust atteint à l'universel en explorant un milieu très étroit : le monde parisien au tournant du XXe siècle. Il atteint l'universel à partir du faubourg Saint-Germain, il embrasse le monde entier à partir du monde des mondains. Il néglige l'espace et se concentre sur le temps.

Le grand absent de cette *Recherche* où défile tout un monde et où se combattent tant de passions, c'est Dieu. Dieu n'est jamais attaqué : il est simplement ignoré. *À la recherche du temps perdu* est un traité de psychologie, de sociologie, de physique, de chimie, de biologie, d'astronomie où les lois de l'attraction des corps et de la combinaison des éléments sont peu à peu dégagées. Ce n'est pas un traité de morale, et encore moins de métaphysique. On chercherait en vain chez Proust la moindre trace d'éternité. La seule transcendance jaillit du monde lui-même : le souvenir et le temps.

Il est l'homme d'un seul livre. Il a renoncé à vivre pour édifier son œuvre. Dans le labyrinthe des passions, il a trouvé son fil d'Ariane : le temps. Le temps qui fait durer les choses et qui les bouleverse, le temps qui nous fait vivre et mourir, le temps qui nourrit l'amour et qui le détruit. Il est le romancier de la mémoire, de la jalousie, de tout le malheur de l'amour parce qu'il est le romancier du temps.

Biographie

***10 juillet** 1871. Naissance de Marcel Proust à Auteuil : constitution fragile.*
***24 mai** 1873. Naissance de son frère Robert.*
1879. Son père est élu à l'Académie de médecine.
1881. Première crise d'asthme. Fréquente le Pape-Carpentier avec Jacques Bizet, fils du compositeur.
1882. Au lycée Condorcet (alors Fontanes).
1884. Reçu au certificat d'études de grammaire.
1888. Passion platonique pour Laure Hayman, modèle d'Odette Swann. Fréquente les théâtres.
***Mars** 1889. Mort de sa grand-mère paternelle.*
***15 juillet** 1889. Reçu au baccalauréat.*
***Novembre** 1889. S'engage pour le service militaire.*
1889. Rencontre Anatole France et Mme de Caillavet.
***3 janvier** 1890. Mort de sa grand-mère maternelle.*
***14 novembre** 1890. Démobilisé. S'inscrit à la faculté de droit et à l'École libre des sciences politiques.*
1891. Vacances à Cabourg et à Trouville. Rencontre Wilde et Barrès. Collabore au Mensuel.
1892. Au mariage de sa cousine avec Henri Bergson.
***Mars** 1892. Participe à la fondation de la revue* Le Banquet.
***Mars** 1893.* Le Banquet *cesse de paraître.*
***Avril** 1893. Rencontre Robert de Montesquiou : début d'une longue amitié.*
1893. Collabore à La Revue blanche.
***10 octobre** 1893. Obtient sa licence de droit.*
***Décembre** 1893. « Avant la nuit » paraît dans* La Revue blanche.
***22 mai** 1894. Rencontre Reynaldo Hahn avec qui il vivra une grande passion.*
***27 mars** 1895. Obtient une licence de philosophie.*
***Juin** 1895. Attaché non rétribué à la bibliothèque Mazarine. Se met rapidement en congé maladie.*
***Août** 1895. En Bretagne avec Reynaldo Hahn.*
1896. Liaison avec Lucien Daudet. Reynaldo Hahn n'est plus qu'un ami.
***10 mai** 1896. Mort de Louis Weil, son grand-oncle.*
***30 juin** 1896. Mort de son grand-père Nathé Weil.*
***Juillet** 1896. Se fait photographier chez Otto.*
***6 février** 1897. Suite à un article sur ses relations avec Lucien Daudet, duel avec Jean Lorrain.*
***Mars** 1897. Vente de la maison familiale d'Auteuil.*
***Janvier** 1898. Signe la pétition demandant la révision du procès Dreyfus.*
***Juillet** 1898. Sa mère est opérée d'un cancer.*

1899. Se consacre à une étude sur Ruskin.

20 **janvier** *1900. Mort de John Ruskin.*

1er **mars** *1900. Considéré comme démissionnaire de la bibliothèque.*

Avril *1900. Voyage avec sa mère à Venise et Padoue.*

Octobre *1900. Revient seul à Venise.*

1901. Année perturbée par l'asthme.

Octobre *1902. Avec Bertrand de Fénelon en Hollande.*

Décembre *1902. Profond désespoir lors du départ de Fénelon nommé en poste à Constantinople.*

2 **février** *1903. Mariage de son frère Robert : il est garçon d'honneur.*

Février *1903. Début de la publication des chroniques de Proust sur les salons dans* Le Figaro.

26 **novembre** *1903. Mort de son père.*

1904. Détérioration de sa santé.

Août *1904. Croisière le long des côtes bretonnes, normandes et à Guernesey.*

Septembre *1905. Avec sa mère à Évian. Elle doit être rapatriée en urgence à Paris.*

26 **septembre** *1905. Mort de sa mère.*

3 **décembre** *1905. Entre en maison de santé.*

25 **janvier** *1906. Sort de clinique.*

Février *1907. Nicolas Cottin devient son valet de chambre, puis, en mai, sa femme Céline entre au service de Proust.*

11 **avril** *1907. Soirée chez la princesse de Polignac.*

Août *1907. Part pour Cabourg. Y rencontre Alfred Agostinelli qui le promène en voiture.*

1908. Commence la rédaction de son œuvre majeure ainsi que celle des pastiches. Engage Agostinelli comme chauffeur et secrétaire en septembre.

1909. Albert Nahmias est son secrétaire.

1911. Perd de grosses sommes à la Bourse.

21 **février** *1911. Entend* Pelléas et Mélisande *grâce au théâtrophone.*

1912. La première partie de son roman est refusée par Fasquelle et La Revue blanche.

1913. Vit le grand amour avec Alfred Agostinelli.

11 **mars** *1913. Signature d'un contrat avec Grasset.*

27 **mars** *1913. Odilon Albaret, chauffeur de Proust, épouse Céleste Gineste qui remplacera Céline Cottin.*

14 **novembre** *1913. Parution de* Swann *après cinq jeux d'épreuves.*

Décembre *1913. Agostinelli s'enfuit sur la Côte d'Azur et s'inscrit dans une école de pilotage sous le nom de Marcel Swann.*

30 **mai** *1914. Agostinelli se tue en avion. Proust souffre autant qu'à la mort de sa mère.*

1914. Céleste Albaret s'installe chez Proust à la demande de ce dernier car son mari et Nicolas Cottin sont mobilisés. Engage Ernest Forssgren dont il se sépare très vite.

17 ***décembre*** *1914. Mort de Bertrand de Fénelon.*

1915. Se lie avec Misia Edwards, plus tard Misia Sert.

1916. La NRF *négocie avec Bernard Grasset la récupération de Proust. Proust se lie avec Cocteau, Morand et Lacretelle. Il reprend ses sorties mondaines. Le Cuziat, ex-valet de Radziwill, ouvre une maison de « bains » où Proust prend des informations pour son œuvre.*

14 ***avril*** *1916. Contrat avec Gallimard.*

29 ***août*** *1916. Grasset renonce à publier le deuxième volume de* À la recherche du temps perdu.

1er ***février*** *1917. Morand lui rend visite.*

1917. Se lie avec Pierre de Polignac.

3 ***février*** *1918. Première rencontre avec François Mauriac.*

Avril *1918. Légère attaque.*

1919. Recrute Henri Rochat comme secrétaire.

10 ***décembre*** *1919.* À l'ombre des jeunes filles en fleurs *reçoit le prix Goncourt.*

23 ***septembre*** *1920. Chevalier de la Légion d'honneur.*

Juin *1921. Rochat part pour l'Argentine.*

Septembre *1921. Nombreux ennuis de santé.*

18 ***mai*** *1922. Rencontre Joyce et Stravinski avec lesquels le contact est froid.*

15 ***juillet*** *1922. Soirée au* Bœuf sur le Toit, *cabaret en vogue.*

Septembre *1922. Sa santé périclite.*

Octobre *1922. Bronchite qui se transforme en pneumonie.*

18 ***novembre*** *1922. Mort de Marcel Proust.*

Œuvres

1893. L'Indifférent *(nouvelle)*
1895. La Mort de Baldassare Silvande *dans* La Revue hebdomadaire
1896. Les Plaisirs et les Jours *(illustrations de Madeleine Lemaire, préface d'Anatole France)*
1904. La Bible d'Amiens
1906. Sésame et les Lys
1913. Du côté de chez Swann *(à compte d'auteur)*
1919. Du côté de chez Swann *(nouvelle édition)*
À l'ombre des jeunes filles en fleurs
Pastiches et Mélanges
1920. Le Côté de Guermantes I
1921. Le Côté de Guermantes II
Sodome et Gomorrhe I
1922. Sodome et Gomorrhe II
La Prisonnière – Sodome et Gomorrhe III

Parutions posthumes

1925. Albertine disparue
1927. Le Temps retrouvé
Chroniques
1952. Jean Santeuil
1954. Contre Sainte-Beuve *suivi de* Nouveaux Mélanges

Extraits choisis

À la recherche du temps perdu *tend à faire surgir, par l'écriture, « l'édifice immense du souvenir ». Un jour d'humeur maussade, le narrateur se réconforte d'un thé et d'une madeleine offerts par sa mère. Une joie profonde l'envahit lorsque les miettes de la madeleine trempée dans le thé font rejaillir du fond de son passé des souvenirs qu'il n'eût pu se remémorer autrement.*

Du côté de chez Swann

Il y avait déjà bien des années que, de Combray, tout ce qui n'était pas le théâtre et le drame de mon coucher, n'existait plus pour moi, quand un jour d'hiver, comme je rentrais à la maison, ma mère, voyant que j'avais froid, me proposa de me faire prendre, contre mon habitude, un peu de thé. Je refusai d'abord et, je ne sais pourquoi, me ravisai. Elle envoya chercher un de ces gâteaux courts et dodus appelés Petites Madeleines qui semblent avoir été moulés dans la valve rainurée d'une coquille de Saint-Jacques. Et bientôt, machinalement, accablé par la morne journée et la perspective d'un triste lendemain, je portai à mes lèvres une cuillerée du thé où j'avais laissé s'amollir un morceau de madeleine. Mais à l'instant même où la gorgée mêlée de miettes de gâteau toucha mon palais, je tressaillis, attentif à ce qui se passait d'extraordinaire en moi. Un plaisir délicieux m'avait envahi, isolé, sans la notion de sa cause. Il m'avait aussitôt rendu les vicissitudes de la vie indifférentes, ses désastres inoffensifs, sa brièveté illusoire, de la même façon qu'opère l'amour, en me remplissant d'une essence précieuse : ou plutôt cette essence n'était pas en moi, elle était moi. J'avais cessé de me sentir médiocre, contingent, mortel. D'où avait pu me venir cette puissante joie ? Je sentais qu'elle était liée au goût du thé et du gâteau, mais qu'elle le dépassait infiniment, ne devait pas être de même nature. D'où venait-elle ? Que signifiait-elle ? Où l'appréhender ? Je bois une seconde gorgée où je ne trouve rien de plus que dans la première, une troisième qui m'apporte un peu moins que la seconde. Il est temps que je m'arrête, la vertu du breuvage semble diminuer. Il est clair que la vérité que je cherche n'est pas en lui, mais en moi. Il l'y a éveillée, mais ne la connaît pas, et ne peut que répéter indéfiniment, avec de moins en moins de force, ce même témoignage que je ne sais pas interpréter et que je veux au moins pouvoir lui redemander et retrouver intact, à ma disposition, tout à l'heure, pour un éclaircissement décisif. Je pose la tasse et me tourne vers mon esprit. C'est à lui de trouver la vérité. Mais comment ? Grave incertitude, toutes les fois que l'esprit se sent dépassé par lui-même ; quand lui, le chercheur, est tout ensemble le pays obscur où il doit chercher et où tout son bagage ne lui sera de rien. Chercher ? pas seulement : créer. Il est en face de quelque chose qui n'est pas encore et que seul il peut réaliser, puis faire entrer dans sa lumière.

Et je recommence à me demander quel pouvait être cet état inconnu, qui n'apportait aucune preuve logique, mais l'évidence, de sa félicité, de sa réalité devant laquelle les autres s'évanouissaient. Je veux essayer de le faire réapparaître. Je rétrograde par la pensée au moment où je pris une première cuillerée de thé. Je retrouve le même état, sans une clarté nouvelle. Je demande à mon esprit un effort de plus, de ramener encore une fois la sensation qui s'enfuit. Et, pour que rien ne brise l'élan dont il va tâcher de la ressaisir, j'écarte tout obstacle, toute idée étrangère, j'abrite mes oreilles et mon attention contre les bruits de la chambre voisine. Mais sentant mon esprit qui se fatigue sans réussir, je le force au contraire à prendre cette distraction que je lui refusais, à penser à autre chose, à se refaire avant une tentative suprême. Puis une deuxième fois, je fais le vide devant lui, je remets en face de lui la saveur encore récente de cette première gorgée et je sens tressaillir en moi quelque chose qui se déplace, voudrait s'élever, quelque chose qu'on aurait désancré, à une grande profondeur ; je ne sais ce que c'est, mais cela monte lentement ; j'éprouve la résistance et j'entends la rumeur des distances traversées.

Certes, ce qui palpite ainsi au fond de moi, ce doit être l'image, le souvenir visuel, qui, lié à cette saveur, tente de la suivre jusqu'à moi. Mais il se débat trop loin, trop confusément ; à peine si je perçois le reflet neutre où se confond l'insaisissable tourbillon des couleurs remuées ; mais je ne peux distinguer la forme, lui demander, comme au seul interprète possible, de me traduire le témoignage de sa contemporaine, de son inséparable compagne, la saveur, lui demander de m'apprendre de quelle circonstance particulière, de quelle époque du passé il s'agit.

Arrivera-t-il jusqu'à la surface de ma claire conscience, ce souvenir, l'instant ancien que l'attraction d'un instant identique est venue de si loin solliciter, émouvoir, soulever tout au fond de moi ? Je ne sais. Maintenant je ne sens plus rien, il est arrêté, redescendu peut-être ; qui sait s'il remontera jamais de sa nuit ? Dix fois il me faut recommencer, me pencher vers lui. Et chaque fois la lâcheté qui nous détourne de toute tâche difficile, de toute œuvre importante, m'a conseillé de laisser cela, de boire mon thé en pensant simplement à mes ennuis d'aujourd'hui, à mes désirs de demain qui se laissent remâcher sans peine.

Et tout d'un coup le souvenir m'est apparu. Ce goût, c'était celui du petit morceau de madeleine que le dimanche matin à Combray (parce que ce jour-là je ne sortais pas avant l'heure de la messe), quand j'allais lui dire bonjour dans sa chambre, ma tante Léonie m'offrait après l'avoir trempé dans son infusion de thé ou de tilleul. La vue de la petite madeleine ne m'avait rien rappelé avant que je n'y eusse goûté ; peut-être parce que, en ayant souvent aperçu depuis, sans en manger, sur les tablettes des pâtissiers, leur image avait quitté ces jours de Combray pour se lier à d'autres plus récents ; peut-être parce que, de ces souvenirs abandonnés si longtemps hors de la mémoire, rien ne survivait, tout s'était désagrégé ; les formes – et celle aussi du petit coquillage de pâtisserie, si grassement sensuel sous son plissage sévère et dévot – s'étaient abolies, ou, ensommeillées, avaient perdu la force d'expansion qui leur eût permis de rejoindre la conscience. Mais, quand d'un passé ancien rien ne subsiste, après la mort des êtres, après la destruction des choses, seules, plus frêles mais plus vivaces, plus immatérielles, plus persistantes, plus fidèles, l'odeur et la saveur restent encore longtemps, comme des âmes, à se rappeler, à attendre, à espérer, sur la ruine de tout le reste, à porter sans fléchir, sur leur gouttelette presque impalpable, l'édifice immense du souvenir.

Et dès que j'eus reconnu le goût du morceau de madeleine trempé dans le tilleul que me donnait ma tante (quoique je ne susse pas encore et dusse remettre à bien plus tard de découvrir pourquoi ce souvenir me rendait si heureux), aussitôt la vieille maison grise sur la rue, où était sa chambre, vint comme un décor de théâtre, s'appliquer au petit pavillon donnant sur le jardin, qu'on avait construit pour mes parents sur ses derrières (ce pan tronqué que seul j'avais revu jusque-là) ; et avec la maison, la ville, depuis le matin jusqu'au soir et par tous les temps, la Place où on m'envoyait avant déjeuner, les rues où j'allais faire des courses, les chemins qu'on prenait si le temps était beau. Et comme dans ce jeu où les Japonais s'amusent à tremper dans un bol de porcelaine rempli d'eau, de petits morceaux de papier jusque-là indistincts qui, à peine y sont-ils plongés, s'étirent, se contournent, se colorent, se différencient, deviennent des fleurs, des maisons, des personnages consistants et reconnaissables, de même maintenant toutes les fleurs de notre jardin et celles du parc de M. Swann, et les nymphéas de la Vivonne, et les bonnes gens du village et leurs petits logis et l'église et tout Combray et ses environs, tout cela qui prend forme et solidité, est sorti, ville et jardins, de ma tasse de thé.

Marcel PROUST, *Du côté de chez Swann*

Colette
(1873-1954)

Une effrayante innocence

Après avoir vendu *La Treille muscate*, sa maison de Saint-Tropez, Colette a longtemps vécu au-dessus des jardins du Palais-Royal. J'ai à peine besoin de me pencher par la fenêtre, en écrivant ces lignes, pour apercevoir son appartement, au premier étage du 9 de la rue du Beaujolais. Ce n'est pas le seul lien géographique qui m'unisse à l'auteur des *Claudine*, des *Chéri*, de *La Naissance du jour*. Elle est née à Saint-Sauveur, en Puisaye, dans cette « Bourgogne pauvre » qu'elle évoquera si souvent, à quelques kilomètres à peine de Saint-Fargeau où j'ai passé mon enfance et qui est devenu Plessis-lez-Vaudreuil dans un livre et dans un film. La route de Saint-Fargeau à Saint-Sauveur, que de fois l'ai-je parcourue à bicyclette, sous le soleil de l'été, dans les jours de ma jeunesse !

Colette n'est pas un prénom. C'est le nom de son père, le capitaine Colette, devenu percepteur après une blessure qui avait entraîné une amputation. Elle s'appelle Gabrielle. Sa mère s'appelle Sidonie – ou Sido. La fille se souviendra de la mère en écrivant *Sido*. Son éducation est rustique et laïque. Le catéchisme, à coup sûr, y joue un rôle mineur. Elle est plongée dès l'enfance dans ce qui sera son domaine et sa force : la nature.

Colette, grâce à Dieu, n'a pas beaucoup d'idées. « Ils croient, nous dit-elle elle-même, que j'ai des idées générales. Ce n'est pas à moi de leur révéler que je vis sur un fonds de frivolité... » Je ne suis pas très sûr qu'elle ait beaucoup d'imagination. Les personnages de ses romans – *La Vagabonde*, *Le Blé en herbe*, *La Seconde*, *Gigi* – sont médiocres et sans profondeur. Les hommes, surtout, y sont égoïstes, avantageux et très sots. Peut-être sont-ils saisis sur le vif ? « C'était notre meilleure journaliste, estime Jean Paulhan, qui s'était égarée dans le roman. »

Ce qu'elle avait, Colette, outre une vive intelligence, c'était bien mieux que des idées : des yeux, des sens, des sentiments. « Mon enfance, écrit-elle, ma libre et solitaire adolescence furent toutes deux occupées uniquement de diriger leurs subtiles antennes vers ce qui se contemple, s'écoute, se palpe et se respire. » On ne saurait mieux dire. Tous les sens, chez elle, trouvent de quoi s'occuper. « Je ne rougis pas, avoue-t-elle, de me réjouir de manger. » Colette tient une place de second rang dans l'histoire du roman et, à travers les chats, les fleurs, les parfums, les couleurs et les sons, à travers la gourmandise, la sensualité et le sexe, une place lumineuse dans l'histoire de notre langue et dans celle du bonheur de ce monde.

Sa vie est un spectacle plein de bruit, de plaisirs et de larmes. Un premier exil, qui n'est pas très lointain, l'envoie chez son demi-frère, Achille – « frère entier par le cœur, le choix, la ressemblance » –, à Châtillon-Coligny, à quelques dizaines de kilomètres de Saint-Sauveur, de l'autre côté de Saint-Fargeau. Elle n'a pas vingt ans quand elle monte à Paris. Elle y tombe sur l'amour en la personne surprenante d'Henri Gauthier-Villars, que tout le monde appelle Willy.

Calembours et érotisme, publicité et « vie remuante d'oisifs affairés », le dénommé Willy est un drôle de pistolet. Je recommande son nom aux jeunes gens épris de littérature et en quête d'un sujet pour une biographie. Il avait écrit des romans comiques comme *Un vilain monsieur* et des romans licencieux comme *La Môme Picrate* ou *Maugis amoureux*. Et, sous le pseudonyme de « l'Ouvreuse du Cirque d'été », des critiques musicales. Il épouse Colette et il en fait son nègre. Ou peut-être l'épouse-t-il *pour* en faire son nègre ? C'était plus commode. Il avait l'habitude : Paul-Jean Toulet aussi lui servira de nègre.

Au début de ce siècle, c'est Willy qui signera toute la série des *Claudine : Claudine à l'école*, *Claudine à Paris*, *Claudine en ménage*, *Claudine s'en va*... Colette elle-même s'en va aussi, après avoir surpris l'ineffable Willy en flagrant délit d'adultère et avoir rencontré Georgie Raoul-Duval – on ne peut pas deviner, d'après son nom, que Georgie est une femme –, dont elle est tombée amoureuse. Et, du même coup, Willy aussi tombe amoureux de Georgie. Avant la rupture définitive s'établit, dans tous les sens possibles, pour un temps assez bref, un triangle amoureux, une sorte de ménage à trois.

Elle se lie avec Mathilde de Morny – qu'on appelle Missy et aussi Oncle Max –, divorcée du marquis de Belbeuf, fille du duc de Morny et de la ravissante princesse Troubetskoï, qui gémissait : « Mon mari m'a tellement trompée que je ne suis même pas sûre que mes enfants soient de moi », et elle devient mime et actrice. *L'Envers du music-hall* retracera ces expériences. Un parfum de scandale commence à l'entourer. « Vous n'êtes pas du tout une femme convenable, Madame Colette, lui dira Jean Anouilh. Vous êtes la fière impudeur, le sage plaisir, la dure intelligence, l'insolente liberté, le type même de la fille qui perd les institutions les plus sacrées et les familles. » Et Cocteau : « La grandeur de Madame Colette vient de ce qu'une inaptitude à départir le bien et le mal la situe dans un état d'innocence effrayant. »

Journaliste au *Matin*, elle fait la connaissance de son rédacteur en chef, le baron Henry de Jouvenel des Ursins. Bonheur. Rupture. Retrouvailles. Elle l'épouse. Elle aura une fille de lui, Colette de Jouvenel, dite « Bel-Gazou ». Peut-être avec un peu d'étonnement : comme c'est curieux, les enfants, ces « étrangers venus de l'intérieur » !

Jouvenel a un fils d'un premier mariage : Bertrand. C'est un adolescent de dix-sept ou dix-huit ans. Colette l'emmène aux sports d'hiver et entreprend dans la foulée son éducation sentimentale. Le thème est assez proche de celui de *Chéri* et de *La Fin de Chéri*. Paris hurle au scandale. Il faut pourtant indiquer, par fidélité à la vérité, que les relations de Colette et de Bertrand de Jouvenel sont postérieures au roman. La nature, une fois de plus, avait imité l'art.

Henry de Jouvenel fait carrière dans la politique. Colette, dans le théâtre et dans le cinéma. Henry s'éloigne. Bertrand aussi. Voyage au Maroc sur l'invitation du Glaoui, croisière en mer du Nord sur un yacht des Rothschild. Les plaisirs pleuvent. Et les succès. Et les honneurs aussi : Colette devient chevalier, puis officier, puis commandeur, puis grand officier de la Légion d'honneur. Elle pourrait dire, comme une autre, que la poitrine des femmes n'est pas faite pour l'honneur.

Elle rencontre un dernier amour qui lui apporte la paix : Maurice Goudeket. « Trompe-moi, lui aurait-elle dit, mais ne me trahis pas. » Elle s'installe à *La Treille muscate*, à Saint-Tropez, puis au Palais-Royal, à Paris. Elle succède à Anna de Noailles à l'Académie de langue et littérature française de Belgique. Elle devient membre, puis présidente de l'Académie Goncourt où François Nourissier lui succède aujourd'hui. Elle continue à écrire : *L'Étoile Vesper*, *Le Fanal bleu*. À sa mort, son souvenir est encore honoré par des funérailles nationales et laïques.

Colette n'est ni une intellectuelle ni une révolutionnaire. Elle est à peine une rebelle. Elle fait simplement – quel scandale ! – ce qu'elle a envie de faire et elle ne se plie à rien. Dans un monde où elle préfère souvent les animaux aux hommes, elle mène sa vie en marge, avec une souveraine liberté. Elle retrouve, pour reprendre encore une formule de Cocteau, cette « effrayante pureté de la nature que l'homme abîme par le désordre de son ordre et par les verdicts absurdes de son tribunal ».

Un sentiment profond de la nature se combine chez elle à une sensualité et à une lucidité mêlée toujours de curiosité, souvent d'effronterie et parfois d'un peu de mépris. Elle joue son propre jeu, elle ne joue pas longtemps celui des autres. Ce n'est pas elle qui se paierait de mots, ce n'est pas elle qui se soumettrait à la tyrannie des lieux communs. Elle va jusqu'à murmurer que « l'amour n'est pas un sentiment honorable », et elle s'y abandonne sans retenue. Et, entre nature et liberté, avec une démarche de reine en rupture de ban qui exclut toute vulgarité. Dans une vie où les êtres sont si souvent décevants, elle passe, lourde et légère, gourmande, un peu hautaine, attachée à sa maison et pourtant indépendante, voluptueuse, un peu inquiétante, suprêmement indifférente, avec l'allure d'un de ces chats qu'elle aimait plus que les hommes.

« Il y a là, dit Gide en parlant d'elle, bien plus que du

don : une sorte de génie très particulièrement féminin. » Et Montherlant, en écho : « Colette, le plus grand écrivain français naturel : son style, d'un naturel admirable, est très au-dessus, selon moi, de Gide et de Valéry. [...] Colette est, je crois, la seule personne à propos de qui j'ai parlé de génie. »

Quel génie ? Mais celui du ciel et de la mer, des bêtes, des plaisirs du corps, de la maison de campagne, des vergers à l'aurore. Celui du naturel, de la gourmandise de tous les sens et de la volupté. Le génie de la terre et de ses seules nourritures. Le génie d'Adam, selon le mot de Brasillach, dans le premier jardin.

Biographie

28 ***janvier*** *1873. Naissance de Sidonie Gabrielle Colette à Saint-Sauveur-en-Puisaye. Elle a une demi-sœur, Juliette, un demi-frère, Achille, et un frère, Léo.*

1884. Séjour à Paris.

14 ***avril*** *1885. Mariage de sa demi-sœur Juliette.*

Juillet *1889. Obtient le brevet élémentaire à Auxerre et le certificat d'études primaires supérieures. Elle arrête ses études. Effectue un voyage à Paris.*

12 ***février*** *1890. Achille, son demi-frère, soutient sa thèse de docteur en médecine à Paris.*

1891. La famille Colette s'installe à Châtillon-sur-Loing où Achille exerce la médecine.

Avril *1892. Séjour à Paris : rencontre décisive avec Willy (Henry Gauthier-Villars) chez la générale Cholleton.*

Novembre *1892. Colette est présentée à la famille de Willy.*

15 ***mai*** *1893. Épouse Willy.*

Juin *1893. Introduite dans les salons littéraires, elle y rencontre : Marcel Proust, Anatole France, Anna de Noailles, Maurice Ravel, Poincaré, Aristide Briand, Georges Clemenceau, Pierre Louÿs, Jean Jaurès, Léon Blum, Gabriele D'Annunzio...*

1894. Un billet anonyme lui fixe un rendez-vous : elle découvre Willy dans les bras de Charlotte Kinceler. Colette tombe malade.

Juin-septembre *1894. Avec Willy et Paul Masson à Belle-Isle.*

1895. Rencontre Marguerite Moreno : début d'une amitié durable.

Septembre *1895. Au festival de Bayreuth avec Willy.*

1896. Première rencontre avec Paul Valéry.

2 ***mai*** *1898. Mariage de son frère Achille. Il naîtra de cette union deux filles : Geneviève et Colette.*

1899. Ferdinand Humbert peint son portrait.

Août *1901. À Bayreuth, avec Willy et Georgie Raoul-Duval dont Colette s'est entichée.*

22 ***janvier*** *1902. Première de* Claudine à Paris *avec l'actrice Polaire.*

Juin *1902. Avec Willy et Polaire à Marseille.*

1905. Jacques-Émile Blanche peint Colette : La Bourguignonne au sein bruni.

*1er* ***mars*** *1905. Aux obsèques de Marcel Schwob.*

*1er* ***mai*** *1905. Séparation de biens entre Colette et Willy.*

17 ***septembre*** *1905. Mort de son père.*

Février *1906. Colette débute comme actrice. Mathilde de Morny dite Missy s'intéresse vivement à Colette.*

***Mars** 1906. Séjour de Colette et de Willy chez Renée Vivien connue pour ses traductions de Sappho et ses amours avec Natalie Clifford Barney.*

***Été** 1906. Séjour à Crotoy avec Missy.*

***Octobre** 1906. Rencontre Léon Hamel qui deviendra un ami fidèle.*

***Novembre** 1906. Séparation d'avec Willy. Colette vit le plus souvent chez Missy.*

*29 **novembre** 1906. Joue le rôle de Paniska dans* Pan *: elle joue nue sous quelques peaux de bêtes.*

*3 **janvier** 1907. Première de* Rêve d'Égypte *au Moulin-Rouge avec Colette et Missy : gros scandale. Le préfet de police interdit le spectacle.*

*13 **février** 1907. Séparation légale de Colette et Willy.*

***Août** 1908. Joue dans* Son premier voyage *qui fait un succès.*

*9 **septembre** 1908. Suicide de Juliette, sa sœur.*

1909. Colette joue Claudine à Paris.

***Août** 1909. En Bretagne puis au Crotoy avec Missy.*

***Octobre** 1909. Rencontre le jeune Maurice Chevalier.*

*18 **novembre** 1909. Mort de Renée Vivien.*

***Mars** 1910. Séjourne chez sa mère à Châtillon-Coligny.*

***Avril-mai** 1910. Grande tournée dans toute la France.*

***Juin** 1910. Missy achète une villa à Rozven qu'elle offre à Colette.*

*21 **juin** 1910. Le divorce d'avec Willy est prononcé.*

***Novembre** 1910. Séjour à Naples.*

***Décembre** 1910. Début de sa collaboration anonyme au* Matin. *Elle signera à partir de 1911 Colette Willy.*

***Février** 1911. Elle danse dans* Xantho chez les courtisanes.

***Mars** 1911. Visite la Tunisie avec Lily de Rême.*

***Mai** 1911. Ses relations avec Missy se relâchent. Colette retrouve Henry de Jouvenel à Paris.*

***Juillet** 1911. Rupture avec Missy. À Rozven avec Paul Barlet, Sauerwein et Henry de Jouvenel.*

***Août** 1911. Séjour à Castel-Novel, propriété des Jouvenel.*

*25 **août** 1911. À l'hôtel Meurice pour échapper aux représailles dues à ses relations avec Jouvenel.*

***Octobre** 1911. S'installe dans le chalet de Jouvenel.*

***Décembre** 1911. Séjour à Grenoble avec Léon Hamel.*

*28 **avril** 1912. Assiste à l'assaut du garage où Bonnot se bat jusqu'à la mort.*

***Juin** 1912. Effectue un vol en dirigeable.*

***Août** 1912. Soigne sa mère à Châtillon.*

***Septembre** 1912. Vol en ballon avec Henry de Jouvenel et Léon Barthou.*

*25 **septembre** 1912. Mort de Sido, sa mère.*

*19 **décembre** 1912. Épouse Henry de Jouvenel.*

***Janvier** 1913. Assiste à l'élection de Raymond Poincaré à la présidence.*

29 mai 1913. *Assiste à la tumultueuse représentation du* Sacre du printemps *de Stravinski.*

3 juillet 1913. *Naissance de sa fille Colette.*

31 **décembre** 1913. *Mort de son frère Achille.*

1er **août** 1914. *Henry de Jouvenel rejoint son régiment.*

Octobre 1914. *Soigne les blessés au lycée Janson-de-Sailly.*

Décembre 1914. *À Verdun.*

Juin 1915. *Reporter pour* Le Matin, *Colette séjourne à Rome d'où elle voyage dans toute l'Italie.*

10 **septembre** 1915. *Premier numéro de* L'Œuvre *dont Henry de Jouvenel est le rédacteur en chef.*

Septembre 1916. *Séjour à Cernobbio où Henry de Jouvenel la rejoint.*

Décembre 1916. *Tournage du film* Minne *adapté de* L'Ingénue libertine.

Janvier 1917. *À Rome avec Henry de Jouvenel. Y rencontre Katia Barjansky, sculptrice.*

20 **avril** 1917. *Mort de l'ami fidèle, Léon Hamel.*

Juillet 1917. *Jouvenel, chef de cabinet de Monzie, sous-secrétaire d'État à la Marine marchande.*

Février 1918. *Début de sa collaboration à* L'Éclair. *Y rencontre Francis Carco.*

Mars 1918. *Sortie du film d'Eugenio Perego,* La Vagabonde.

Juin 1919. *Début de ses relations avec Léopold Marchand, vingt-huit ans.*

Mars 1920. *Sortie de* La Flamme cachée, *film dont elle a écrit le scénario.*

Septembre 1921. *Chevalier de la Légion d'honneur.*

1921. *Collabore à* La Revue de Paris.

26 **février** 1922. *Pour la centième de* Chéri, *Colette joue le rôle de Léa.*

6 **avril** 1922. *Léopold Marchand épouse Mitz Hertz. Colette voyage en Algérie avec son beau-fils Bertrand.*

Décembre 1923. *Henry de Jouvenel quitte définitivement Colette.*

1924. *Fin de sa collaboration au* Matin.

Octobre 1924. *Début de sa collaboration au* Quotidien.

Novembre 1924. *Colette n'est pas élue à l'Académie française contre Pol Neveux.*

Février 1925. *Rencontre Maurice Goudeket.*

Mars 1925. *Signe le livret de* L'Enfant et les Sortilèges *sur une musique de Ravel.*

Avril 1925. *Rupture avec Bertrand de Jouvenel. Le divorce avec Henry de Jouvenel est prononcé le 6.*

Avril-mai 1926. *Voyage au Maroc avec Maurice Goudeket.*

Juillet 1926. *Achète une villa à Saint-Tropez,* La Treille muscate. *Déménagement de la maison de Rozven.*

***Août** 1926. Premier séjour à* La Treille muscate.

***Avril** 1928. Début de son amitié avec le peintre André Dunoyer de Segonzac.*

***Novembre** 1928. Officier de la Légion d'honneur.*

***Janvier** 1929. Alitée par une forte bronchite.*

***Mars-avril** 1929. Voyage à Tanger avec Maurice Goudeket.*

***Octobre** 1929. À Berlin comme invitée de la Société franco-allemande.*

***Juillet** 1930. Avec Maurice Goudeket en croisière sur le yacht d'Henri de Rothschild.*

*12 **janvier** 1931. Mort de Willy.*

***Avril** 1931. Tournée de conférences en Afrique du Nord.*

***Octobre** 1931. Veut ouvrir un institut de beauté.*

*2 **mars** 1932. Création de la Société Colette pour l'exploitation de produits de beauté.*

***Avril** 1932. Colette souffre d'un zona.*

*1er **juin** 1932. Ouverture de son magasin.*

*6 **août** 1932. Ouvre une boutique à Saint-Tropez.*

***Juillet** 1933. À Saint-Tropez, travaille aux dialogues de* Lac-aux-Dames *avec Marc Allégret.*

***Octobre** 1933. Rencontre Joseph Kessel.*

***Août** 1934. Sortie du film de Marc Allégret* Lac-aux-Dames.

*9 **mars** 1935. Élue à l'Académie royale de langue et de littérature françaises de Belgique.*

*3 **avril** 1935. Épouse Maurice Goudeket.*

***Mai-juin** 1935. Avec Maurice Goudeket à bord du* Normandie *comme reporter.*

***Juillet** 1935. Assiste au tournage de* Divine *dont elle a écrit les dialogues.*

*11 **août** 1935. Mariage de sa fille avec le docteur Dausse. Elle en divorcera au mois d'octobre de la même année.*

*5 **octobre** 1935. Mort d'Henry de Jouvenel.*

*21 **janvier** 1936. Commandeur de la Légion d'honneur.*

***Novembre** 1937. Sortie du film* Claudine à l'école *de Serge de Poligny.*

***Juin** 1938. Collabore à* Paris-Soir.

***Juillet** 1938. Dernier séjour à* La Treille muscate.

***Décembre** 1938. Premiers signes de l'arthrose de la hanche.*

***Janvier** 1939. Répond au courrier des lectrices dans* Marie-Claire.

***Février** 1939. Mort de la chatte qu'elle avait acquise en 1926.*

***Juin** 1939. Vend* La Treille muscate *à Charles Vanel.*

*28 **septembre** 1939. Mort de Polaire, première interprète de Claudine et amie de Colette.*

*7 **mars** 1940. Mort de son frère Léo.*

*12 **juin** 1940. Avec Maurice Goudeket chez Bel-Gazou, la fille de Colette.*

***12 décembre** 1941. Maurice Goudeket, juif par son père, est arrêté et envoyé au camp de Compiègne.*

***6 février** 1942. Maurice Goudeket est libéré.*

1943. Ses souffrances dues à l'arthrose empirent.

1944. Mort de Missy.

***2 mai** 1945. Élue à l'Académie Goncourt.*

1946. De plus en plus immobilisée par la maladie. Les traitements se succèdent, inefficaces et douloureux.

***14 juillet** 1948. Marguerite Moreno, actrice et amie de Colette, meurt.*

1950-1954. Sa fille Colette occupe enfin une grande place dans sa vie.

***30 mars** 1953. Grand officier de la Légion d'honneur (deuxième femme à obtenir cette distinction).*

***9 janvier** 1954. Assiste à la projection du film* Le Blé en herbe.

***3 août** 1954. Mort de Colette. Elle aura des funérailles nationales.*

Œuvres

1900-1905. Claudine *(série)*
1900. Claudine à l'école *(signé Willy)*
1901. Claudine à Paris
1902. Claudine amoureuse
Claudine en ménage *(version corrigée de* Claudine amoureuse*)*
1903. Claudine s'en va
1904. Dialogues de bêtes *(signé Colette Willy)*
Minne *(signé Willy)*
1905. Les Égarements de Minne *(signé Willy)*
Dialogues de bêtes *(nouvelle édition)*
1907. La Retraite sentimentale *(signé Colette Willy)*
1908. Les Vrilles de la vigne
1909. En camarades
L'Ingénue libertine *(nouvelle version de* Minne*)*
1910. La Vagabonde
La Poison *(conte)*
1913. L'Envers du music-hall
Prrou, Poucette et quelques autres
L'Entrave
1916. La Paix chez les Bêtes
1917. Les Enfants dans les ruines
Les Heures longues
1919. Mitsou ou Comment l'esprit vient aux filles
1920. Chéri *(série)*
1921. La Chambre éclairée
1922. La Maison de Claudine
Le Voyage égoïste
Chéri *(comédie avec Léopold Marchand)*
1923. Le Blé en herbe
1926. La Fin de Chéri
1928. La Naissance du jour
1929. Sido ou les Points cardinaux
La Seconde
1930. Sido *(nouvelle édition augmentée)*
1931. Supplément à Don Juan
1932. Ces plaisirs...
Prisons et paradis
1933. La Chatte
1934. Duo
La Jumelle noire I
1935. La Jumelle noire II

1936. Mes apprentissages. Ce que Claudine n'a pas dit
Chats *(eaux-fortes de Jacques Nam)*
Splendeur des papillons
1937. Bella Vista
La Jumelle noire III
Claudine et les Contes de fées
1938. Portrait
Paris *(illustrations de Reine Cimière)*
1939. Le Toutounier
1940. Chambre d'hôtel
La Lune de pluie
1941. Le Pur et l'Impur *(nouvelle édition de* Ces plaisirs...*)*
Journal à rebours
Julie de Carneilhan
1942. Paris de ma fenêtre
1943. Le Képi *(nouvelles)*
1944. Gigi
Trois-six-neuf
L'Enfant malade
Noces
Flore et Pomone
La Dame du photographe
Broderie ancienne
1945. Belles Saisons
1946. L'Étoile Vesper
1948. Pour un herbier
En camarades
1949. Le Fanal bleu
1950-1954. Œuvres complètes

Extraits choisis

Alain est jeune, beau et d'origine bourgeoise. Il entretient avec Saha, sa chatte, une relation très intense. Un jour, il épouse une jeune fille moderne, un peu vulgaire, Camille. La cohabitation entre Camille et Saha s'annonce mal. Car Alain ne peut s'empêcher de comparer la chatte et sa jeune épouse, au désavantage de cette dernière. La jalousie naît et grandit dans la tête de Camille. Un après-midi, alors qu'elle se trouve seule avec Saha dans leur appartement, elle finit par commettre l'acte irréparable : elle pousse Saha qui tombe du neuvième étage. La chatte ne meurt pas mais Alain ne saurait pardonner...

La Chatte

— ET SI JE N'AVAIS RIEN DIT, HIER ? SUGGÉRA-T-ELLE BRUSquement. Si tu n'avais rien su ?

— Belle idée de femme, ricana-t-il. Elle te fait honneur.

— Oh ! dit Camille en secouant la tête, honneur, honneur... Ce ne serait pas la première fois que le bonheur d'un couple dépendrait de quelque chose d'inavouable, ou d'inavoué... Mais j'ai l'idée qu'en cachant cette histoire je n'aurais fait que reculer pour mieux sauter. Je ne te sentais pas... comment dire ?

Elle cherchait le mot et le mimait, en nouant ses mains l'une à l'autre. « Elle a tort de mettre ses mains en évidence », pensa Alain vindicatif. « Ces mains qui ont exécuté quelqu'un... »

— Enfin, tu es si peu de mon parti, dit Camille. N'est-ce pas ?

Frappé, il convint mentalement qu'elle ne se trompait pas. Il se taisait et Camille insista plaintivement, d'une voix qu'il connaissait bien.

— Dis, méchant, dis ?...

— Mais, bon Dieu, éclata-t-il, ce n'est pas de ça qu'il est question ! Ce qui peut m'intéresser – m'intéresser à toi – c'est de savoir si tu regrettes ce que tu as fait, si tu ne peux pas ne pas y penser, si tu es malade d'y penser... Le remords, quoi, le remords ! Ça existe, le remords !

Il se leva, emporté, fit le tour du rond-de-fusains en essuyant son front sur sa manche.

— Ah ! dit Camille d'un air contrit et apprêté, naturellement, voyons... J'aurais mille fois mieux aimé ne pas le faire... Il a fallu que je perde la tête...

— Tu mens ! cria-t-il en étouffant sa voix. Tu ne regrettes que d'avoir raté ton coup ! Il n'y a qu'à t'entendre, qu'à te voir, avec ton petit chapeau de côté, tes gants, ton tailleur neuf, tout ce que tu as combiné pour me séduire... Si c'était vrai, ton regret, je le verrais sur ta figure, je le sentirais !

Il criait bas, d'une voix râpeuse, et n'était plus tout à fait maître de sa colère qu'il avait encouragée. L'étoffe usée de son pyjama creva au coude, et il arracha presque toute sa manche, qu'il jeta sur un buisson.

Camille n'eut d'abord d'yeux que pour le bras nu, singulièrement blanc sur le bloc sombre des fusains, et qui gesticulait.

Il mit les mains sur ses yeux, se força à parler plus bas.

— Une petite créature sans reproche, bleue comme les meilleurs rêves, une petite âme... Fidèle, capable de mourir délicatement si ce qu'elle a choisi lui manque... Tu as tenu cela dans tes mains, au-dessus du vide, et tu as ouvert les mains... Tu es un monstre... Je ne veux pas vivre avec un monstre...

Il découvrit son visage moite, se rapprocha de Camille en cherchant des mots qui l'accableraient. Elle respirait court, son attention allait du bras nu au visage non moins blanc, déserté par le sang.

— Une bête ! cria-t-elle avec indignation. Tu me sacrifies à une bête ! Je suis ta femme, tout de même ! Tu me laisses pour une bête !...

— Une bête ?... Oui, une bête...

Calmé en apparence, il se déroba derrière un sourire mystérieux et renseigné. « Je veux bien admettre que Saha est une bête... Si elle en est vraiment une, qu'y a-t-il de supérieur à cette bête, et comment le ferais-je comprendre à Camille ? Elle me fait rire, cette petite criminelle toute nette, tout indignée et vertueuse, qui prétend savoir ce que c'est qu'une bête... » Il ne railla pas plus loin, rappelé par la voix de Camille.

— C'est toi, le monstre.

— Pardon ?

— Oui, c'est toi. Malheureusement, je ne sais pas bien expliquer pourquoi. Mais je t'assure que je ne me trompe pas. J'ai voulu, moi, supprimer Saha. Ce n'est pas beau. Mais tuer ce qui la gêne, ou qui la fait souffrir, c'est la première idée qui vient à une femme, surtout à une femme jalouse... C'est normal. Ce qui est rare, ce qui est monstrueux, c'est toi, c'est...

Elle peinait à vouloir se faire comprendre et désignait en même temps sur Alain les signes accidentels qui imposaient leur sens un peu délirant – la manche arrachée, la bouche tremblante et injurieuse, la joue où le sang ne remontait plus, la touffe insensée des blonds cheveux en tempête... Il ne protestait pas, dédaignant toute défense, et semblait perdu dans une exploration sans retour.

— Si j'avais tué, ou voulu tuer une femme par jalousie, tu me pardonnerais probablement. Mais c'est sur la chatte que j'ai porté la main, alors mon compte est bon. Et tu voudrais que je ne te traite pas de monstre...

— Ai-je dit que je le voudrais ? interrompit-il avec hauteur.

Elle leva sur lui ses yeux effarés, fit un geste d'impuissance. Sombre et détaché, il suivait, chaque fois qu'elle bougeait, la jeune main exécrable et gantée.

— Maintenant, pour la suite des temps, qu'est-ce qu'on va faire... Qu'est-ce qui va nous arriver, Alain ?

Il faillit gémir, débordant d'intolérance, et lui crier : « On se sépare, on se tait, on dort, on respire l'un sans l'autre ! Je me retire loin, très loin, sous ce cerisier par exemple, sous les ailes de cette pie blanc et noir, ou dans la queue de paon du jet d'arrosage... Ou bien dans ma chambre froide, sous la protection d'un petit dollar d'or, d'une poignée de reliques et d'une chatte des Chartreux... »

Il se maîtrisa et mentit posément :

— Mais rien pour l'instant. Il est trop tôt pour prendre une... une détermination... Nous verrons plus tard...

COLETTE, *La Chatte*

Martin du Gard

(1881-1958)

La probité

Peut-être pourrait-on trouver pour chaque écrivain un mot, un seul, qui le résumerait tout entier. Ce serait le *désir* pour Gide, l'*alternance* pour Montherlant, le *soir* pour Lamartine... Ce serait la *probité* pour Roger Martin du Gard, romancier de haute stature et un peu oublié, prix Nobel en 1937, né à Neuilly d'une famille de magistrats, d'avocats, de notaires, sans militaire ni artiste. Il poursuit des études plutôt ternes à Fénelon et à Condorcet. Gaston Gallimard, son condisciple, le dépeint préoccupé surtout de sa tenue et de ses cravates. Il lit pourtant. Il découvre Tolstoï. Il entre à l'École des chartes. En 1935, il écrit à Jean-Richard Bloch : « Notre formation d'historien et de chartiste est quelque chose de fort, de durable, qui explique une part de nous. Je l'éprouve pour moi. J'ai été un mauvais chartiste. J'y ai, du moins, découvert des méthodes de travail, une probité, qui m'ont servi énormément, qui servent encore chaque jour. Libre aux couillons d'en rigoler. »

Martin du Gard est un homme de théâtre pour qui, comme pour beaucoup, la rencontre avec Jacques Copeau sera déterminante. *Le Testament du père Leleu* est une farce paysanne qui connaît un grand succès et qui sera suivie par *La Gonfle* écrite pour Lucien Guitry et dont la mort de l'acteur compromettra le succès. Martin du Gard fera encore jouer *Un taciturne*, histoire sulfureuse d'un homme amoureux du fiancé de sa sœur, et qui scandalisera Claudel. Mais d'abord et avant tout, Martin du Gard est un romancier.

En 1913, il achève *Jean Barois*, auquel il travaille depuis trois ans. L'histoire du livre est curieuse. Martin du Gard avait des liens avec Grasset qui avait déjà publié un de ses textes. Il reçoit de Grasset, à qui, tout naturellement, il avait remis son manuscrit, une lettre terrible : « Mon avis très net est que votre livre est absolument raté et je défie un lecteur d'aller au-delà de la 100e page. » 1913 est l'année où *Du côté de chez Swann*, refusé par la NRF, est publié chez Grasset. *Jean Barois* fera le chemin inverse et passera de Grasset à la NRF.

Jean Barois retrace l'itinéraire d'un homme qui s'affranchit peu à peu de la foi et des croyances de son enfance et qui revient, à la fin de sa vie, aux espérances consolantes de sa jeunesse. Rédigé par un romancier qui s'était intéressé au théâtre, le livre était entièrement composé de dialogues réunis entre eux par de courts textes comparables à des indications de mise en scène. Cette recherche d'une technique romanesque nouvelle qui rappelait le découpage cinématographique séduisit André Gide et contribua au prestige de Martin du Gard au sein de la NRF. Mais la grande affaire était encore à venir.

Au lendemain de la guerre, au Verger d'Augry, dans le Cher, Martin du Gard avait conçu l'œuvre de sa vie. Il y travaille pendant dix-sept ans, loin de Paris, à Clermont dans l'Oise, à Bellême dans l'Orne, à Sauveterre près d'Avignon, et à Nice, sur de grandes tables où s'étalaient ses fiches de chartiste et d'historien. L'ouvrage s'appelle *Les Thibault* et la trame en est simple. C'est l'histoire de deux frères, Antoine et Jacques, fils d'un père moraliste et autoritaire, Oscar Thibault. Antoine, l'aîné, est médecin. Jacques incarne la révolte qui va marquer de son sceau tout le siècle qui s'ouvre. Écrit de 1920 à 1937, le roman devait, initialement, se dérouler de 1904 à 1940, c'est-à-dire que le temps de la fiction devait rattraper en cours de route le temps réel. On voit comment, derrière la simplicité du propos – quoi de plus simple que l'histoire d'une famille ? –, se posent des problèmes subtils de construction. Précisément parce que l'intrigue est simple, *Les Thibault* et leur auteur, si honnête et si rigoureux, illustrent parfaitement les affres et les aléas de la construction romanesque.

Les volumes se succédèrent d'abord avec régularité. Le premier volume, l'un des plus réussis et des plus attachants, *Le Cahier gris*, raconte l'affection tendre qui unit

Jacques Thibault à Daniel de Fontanin. La découverte de leur correspondance entraîne un scandale. Les deux jeunes gens font une fugue, et sont rattrapés à Marseille. Daniel sera accueilli avec bonté dans sa famille protestante, Jacques sera envoyé par son père en maison de correction. Le deuxième volume, *Le Pénitencier*, retrace les rapports entre Antoine et Jacques. Cinq ans plus tard, dans le troisième, *La Belle Saison*, Antoine entretient avec Rachel une liaison sensuelle et Jacques est reçu à l'École normale supérieure.

Je lisais *Les Thibault* avec passion. J'aimais Jacques. La rue d'Ulm m'intriguait. Je l'avais trouvée dans un livre qu'on ne lit plus guère : *Augustin ou le maître est là*, de Joseph Malègue. Je l'avais trouvée dans *Notre avant-guerre*, de Robert Brasillach. Je l'avais trouvée, bien sûr, dans Jules Romains, avec ses deux normaliens tentés l'un par la littérature et l'autre par la politique : Jallez et Jerphanion. Elle commençait à me fasciner. Voilà que je la retrouvais avec Jacques Thibault. Elle n'allait plus me lâcher.

Le quatrième volume, *La Consultation*, au lieu de porter sur plusieurs semaines, ou plusieurs mois, rend compte d'une seule journée : Jacques a disparu et Antoine découvre, dans son cabinet de médecin, que son père est atteint d'une maladie incurable. Après *La Sorellina*, qui expose la double évolution sentimentale et politique de Jacques, engagé dans un groupe de révolutionnaires, et *La Mort du père*, qui s'étend, comme le volume précédent, sur une semaine environ, le doute s'installe dans l'esprit de Martin du Gard, qui vient d'avoir un accident d'automobile.

Nous sommes au début des années trente. La menace hitlérienne monte en Allemagne. Martin du Gard se demande s'il parviendra jamais au bout de son entreprise. Il brûle le manuscrit du volume en préparation et décide de changer de rythme et d'achever son œuvre. Au lieu de la pousser, comme prévu, jusqu'en 1940, il l'arrête à la Première Guerre mondiale. Il écrit *L'Été 1914*, qui sera suivi d'un *Épilogue*. Jacques, qui distribue des tracts pacifistes, est tué par un gendarme. Antoine, gazé, se suicide. La Seconde Guerre mondiale se profile déjà à l'horizon. Sous les nuages annonciateurs du plus terrible conflit de l'histoire des hommes, Martin du Gard reçoit le Nobel pour une œuvre qui s'achève sur la tuerie de la *der des ders*.

Comme *Jean-Christophe* de Romain Rolland, comme *Les Hommes de bonne volonté* de Jules Romains, *Les Thibault* appartiennent au genre du roman-cycle. Ils constituent un roman plus vaste que celui de Romain Rolland, consacré à un seul individu, et moins vaste que celui de Jules Romains où revit tout un monde. Comme *La Chronique des Pasquier* de Georges Duhamel, comme *Les Hauts-Ponts* de Jacques de Lacretelle, *Les Thibault* sont l'histoire d'une famille. Le plus intéressant, avec Martin du Gard, c'est le mélange de simplicité apparente et de réelle complexité. Nous savons déjà que les problèmes de forme et de construction ne lui ont jamais été étrangers. L'inceste, l'homosexualité, l'inconscient traversent son œuvre. Il s'est toujours tenu au courant des progrès de la psychiatrie et de la psychanalyse. Les souffrances et la mort lui ont été si proches que ce romancier du désarroi a pu passer pour un annonciateur du roman de l'absurde. Camus, qui le lisait, ne s'y est pas trompé.

L'écriture, en revanche, est d'une déconcertante simplicité. C'est une écriture blanche et sans la moindre aspérité. Le style est ce qui manque le plus à cet honnête homme passionné par Freud et par la forme romanesque. C'est ce qui a fait vieillir *Les Thibault* où ne manquent ni la force ni l'émotion. « Celui qui a écrit cela, nous dit Gide, peut n'être pas un artiste, mais c'est un gaillard. »

Biographie

*23 **mars** 1881. Naissance de Roger Martin du Gard à Neuilly.*
1884. Naissance de Marcel, son frère.
***Octobre** 1892. À l'école Fénelon puis au lycée Condorcet.*
***Janvier** 1896. Chez un professeur particulier de Passy.*
***Octobre** 1897. Au lycée Janson-de-Sailly.*
***Juillet** 1897. Premier baccalauréat.*
***Juillet** 1898. Second baccalauréat.*
***Novembre** 1898. En Sorbonne en licence de lettres.*
***Juillet** 1899. Échec aux examens.*
***Novembre** 1899. Admission à l'École des chartes.*
***Octobre** 1902. Service militaire à Rouen.*
***Novembre** 1903. École des chartes.*
***Décembre** 1905. Diplôme d'archiviste paléographe.*
***Février** 1906. Épouse Hélène Foucault.*
***Juillet** 1907. Naissance de sa fille, Christiane.*
***Hiver** 1908. Consulte divers psychiatres et neurologues.*
***Printemps** 1908. Séjour à Barbizon.*
1909. S'installe à la campagne au Verger d'Augry dans le Cher.
1914. Fréquente le Vieux-Colombier.
***Février** 1914.* Le Testament du père Leleu *est représenté au théâtre du Vieux-Colombier.*
*3 **août** 1914. Mobilisé.*
***Février** 1919. Démobilisé. S'installe à Paris. Commence son* Journal.
***Mai** 1920. Établit le plan des* Thibault.
1920. Quitte le Verger d'Augy pour Clermont (Oise).
***Août** 1922. Aux Décades de Pontigny pour la première fois.*
***Août** 1923. Séjour à Pontigny.*
***Mars** 1924. Séjour à Hyères.*
***Avril** 1924. Mort de son père.*
1925. Mort de sa mère.
***Été** 1925. Achète la propriété de Bellême dans l'Orne.*
***Août** 1927. Séjour à Pontigny.*
***Août** 1928. À Pontigny.*
***Septembre** 1929. À Pontigny.*
***Décembre** 1929. Mariage de sa fille avec Marcel de Coppet.*
***Août** 1930. À Pontigny.*
*1er **janvier** 1931. Hospitalisé avec sa femme à la suite d'un accident de voiture.*
***Printemps** 1931. Convalescence près d'Avignon.*
***Octobre** 1932. Sa pièce,* Un taciturne, *est jouée par Louis Jouvet à la Comédie des Champs-Élysées.*

***Août** 1932. À Pontigny.*
***Mars** 1933. Naissance de Daniel, son petit-fils.*
1934. S'installe à Nice.
***Août** 1934. À Pontigny.*
***Novembre** 1935. Naissance d'Anne-Véronique, sa petite-fille.*
***Décembre** 1936. Voyage à Rome.*
***Mars-avril** 1937. Voyage à Rome.*
*10 **novembre** 1937. Le prix Nobel lui est attribué.*
1938. Voyage en Europe : Copenhague, Berlin, Dresde, Vienne, Munich.
***Mars** 1939. S'installe à la Martinique (Antilles).*
***Été** 1939. En croisière : la Barbade, Trinidad, la Guayra, Caracas, Curaçao, Panamá.*
***Novembre** 1939. La guerre ne lui permet pas de revenir directement en France : Porto Rico, New York, Gênes, Nice où il arrive en décembre.*
***Été** 1941. Séjourne à Évian.*
1944. Son nom figure sur une liste de suspects établie par les Allemands. Il quitte Nice pour s'installer du côté de Figeac dans le Lot.
1945-1949. Hivers à Nice, étés à Bellême.
*28 **novembre** 1949. Mort de sa femme à Nice.*
***Février** 1951. À Paris où il assiste à la fin de Gide.*
1957. Donne à la Bibliothèque nationale ses inédits dont son Journal *et ses correspondances.*
***Avril** 1958. Signe* La lettre *adressée au président de la République pour protester contre la saisie du livre d'Henri Alleg.*
*22 **août** 1958. Mort de Roger Martin du Gard.*

Œuvres

1908. Devenir
1909. L'Une de nous
1913. Jean Barois
Le Testament du père Leleu *(théâtre)*
1928. La Gonfle *(théâtre)*
1931. Confidence africaine
1932. Un taciturne *(théâtre)*
1933. Vieille France
1951. Notes sur André Gide
1983. Maumort *(commencé et inachevé)*

Les Thibault

1922. Le Cahier gris
Le Pénitencier
1923. La Belle Saison *(t. I et II)*
1928. La Consultation
La Sorellina
1929. La Mort du père
1936. L'Été 1914 *(trois tomes)*
1940. Épilogue

Extraits choisis

Le Cahier gris *constitue le premier volume du cycle des* Thibault. *Oscar-Marie Thibault est un grand bourgeois vivant rue de l'Université à Paris. Il est le père d'Antoine, qui termine ses études de médecine et fait la fierté de son père, et de Jacques, adolescent rebelle de quatorze ans source de gêne pour l'instance paternelle. Cette fresque familiale s'ouvre sur la disparition, un dimanche, du jeune garçon insoumis. M. Thibault et son fils Antoine partent à la recherche du jeune Jacques du côté de l'École catholique où il étudie. Là, un prêtre les reçoit et leur fait de troublantes révélations sur la personnalité du fugueur.*

Le Cahier gris

— « VOICI LES FAITS, MONSIEUR, DANS L'ORDRE : C'EST jeudi dernier... » Il se recueillit une seconde, et reprit sur un ton presque joyeux : « Non, pardon, c'est avant-hier, vendredi, oui, vendredi matin pendant la grande étude. Un peu avant midi, nous sommes entré dans la salle, rapidement comme nous faisons toujours... » Il cligna de l'œil du côté d'Antoine : « Nous tournons le bouton sans que la porte bouge, et nous ouvrons d'un seul coup.

« Donc en entrant, nos yeux tombent sur l'ami Jacquot, que nous avons précisément placé bien en face de notre porte. Nous allons à lui, nous déplaçons son dictionnaire. Pincé ! Nous saisissons le volume suspect : un roman traduit de l'italien, d'un auteur dont nous avons oublié le nom : *Les Vierges aux Rochers*. »

— « C'est du propre ! » cria M. Thibault.

— « L'air gêné du garçon semblait cacher autre chose : nous avons l'habitude. L'heure du repas approchait. À l'appel de la cloche, nous prions le maître d'étude de conduire les élèves au réfectoire, et, resté seul, nous levons le pupitre de Jacques : deux autres volumes : *Les Confessions* de J.-J. Rousseau ; et, ce qui est plus déshonnête encore, excusez-nous, Monsieur, un ignoble roman de Zola : *La Faute de l'abbé Mouret.* »

— « Ah ! le vaurien ! »

— Nous allions refermer le pupitre, quand l'idée nous vient de passer la main par-derrière la rangée des livres de classe ; et nous ramenons un cahier de toile grise, qui, au premier abord, nous devons le dire, n'avait aucun caractère clandestin. Nous l'ouvrons, nous parcourons les premières pages... » l'abbé regarda les deux hommes de ses yeux vifs et sans douceur : « Nous étions édifié. Aussitôt nous avons mis notre butin en sûreté et, pendant la récréation de midi, nous avons pu l'inventorier à loisir. Les livres, soigneusement reliés, portaient au dos, en bas, une initiale : F. Quant au cahier gris, la pièce capitale, – la pièce à conviction, – c'était une sorte de carnet de correspondance ; deux écritures très différentes : celle de Jacques, avec sa signature : J. ; et une autre, que nous ne connaissions pas, dont la signature était un D majuscule. » Il fit une pause et baissa la voix : « Le ton, la teneur des lettres, ne laissaient, hélas ! aucun doute sur la nature de cette amitié. À ce point, Monsieur, que nous avons pris un instant cette écriture ferme et allongée pour celle d'une jeune fille, ou, pour mieux dire, d'une femme... Enfin, en analysant les textes, nous avons compris que cette graphe inconnue était celle d'un condisciple de Jacques, non pas d'un élève de notre maison, grâce à Dieu, mais d'un gamin que Jacques rencontrait sans doute au lycée. Afin d'en avoir confirmation, nous nous sommes rendu le même jour auprès du censeur, – ce brave M. Quillard », dit-il en se tournant vers Antoine ; « c'est un homme inflexible et qui a la triste expérience des internats. L'identification a été immédiate. Le garçon incriminé, qui signait D., est un élève de troisième, un camarade de Jacques, et se nomme Fontanin, Daniel de Fontanin. »

— « Fontanin ! Parfaitement ! » s'écria Antoine. « Tu sais, père, ces gens qui habitent Maisons-Laffitte, l'été, près de la forêt ? En effet, en effet, plusieurs fois cet hiver en rentrant le soir, j'ai surpris Jacques lisant des livres de vers que lui avait prêtés ce Fontanin. »

— « Comment ? Des livres prêtés ? Est-ce que tu n'aurais pas dû m'avertir ? »

— « Ça ne me semblait pas bien dangereux », répliqua Antoine, en regardant l'abbé comme pour lui tenir tête : et, tout à coup, un sourire très jeune, qui ne fit que passer, éclaira son visage méditatif. « Du Victor Hugo », expliqua-t-il, « du Lamartine. Je lui confisquais sa lampe pour le forcer à s'endormir. »

L'abbé tenait sa bouche coulissée. Il prit sa revanche :

— « Mais voilà qui est plus grave : ce Fontanin est protestant. »

— « Eh, je sais bien ! » cria M. Thibault, accablé.

— « Un assez bon élève, d'ailleurs », reprit aussitôt le prêtre, afin de marquer son équité. « M. Quillard nous a dit : « C'est un grand, qui paraissait sérieux ; il trompait bien son monde ! La mère aussi avait l'air d'être bien. »

— « Oh ! la mère... », interrompit M. Thibault. « Des gens impossibles, malgré leurs airs dignes ! »

— « On sait du reste », insinua l'abbé, « ce que cache la rigidité des protestants ! »

— « Le père, en tout cas, est un sauteur... À Maisons, personne ne les reçoit ; c'est tout juste si on les salue. Ah ! ton frère peut se vanter de bien choisir ses relations ! »

— « Quoi qu'il en soit », reprit l'abbé, « nous sommes revenu du lycée parfaitement édifié. Et nous nous apprêtions à ouvrir une instruction en règle, quand, hier, samedi, au début de l'étude du matin, l'ami Jacquot a fait irruption dans notre cabinet. Irruption, littéralement. Il était tout pâle ; il avait les dents serrées. Il nous a crié, dès la porte, sans même nous dire bonjour : « On m'a volé des livres, des papiers !... » Nous lui avons fait remarquer que son entrée était fort inconvenante. Mais il n'écoutait rien. Ses yeux, si clairs d'habitude, étaient devenus foncés de colère : « C'est vous qui m'avez volé mon cahier, criait-il, c'est vous ! » Il nous a même dit, ajouta l'abbé avec un sourire niais : « Si vous avez osé le lire, je me tuerai ! » Nous avons essayé de le prendre par la douceur. Il ne nous a pas laissé parler : « Où est mon cahier ? Rendez-le-moi ! Je casserai tout jusqu'à ce qu'on me le rende ! » Et avant que nous ayons pu l'en empêcher, il saisissait sur notre bureau un presse-papiers de cristal, – vous le connaissez, Antoine ? c'est un souvenir que d'anciens élèves nous avaient rapporté du Puy-de-Dôme, – et il le lançait à toute volée contre le marbre de la cheminée. C'est peu de chose », se hâta d'ajouter l'abbé, pour répondre au geste confus de M. Thibault ; « nous vous donnons ce détail terre à terre, pour vous montrer jusqu'à quel degré d'exaltation votre cher garçon était parvenu. Là-dessus il se roule sur le parquet, en proie à une véritable crise nerveuse. Nous avons pu nous emparer de lui, le pousser dans une petite cellule de récitation, contiguë à notre cabinet, et l'enfermer à double tour. »

— « Ah ! » dit M. Thibault en levant les poings, « il y a des jours où il est comme possédé ! Demandez à Antoine : est-ce que nous ne lui avons pas vu, pour une simple contrariété, de tels accès de fureur, qu'il fallait bien céder ; il devenait bleu, les veines du cou se gonflaient, il aurait étranglé de rage ! »

— « Çà, tous les Thibault sont violents », constata Antoine ; et il paraissait en avoir si peu de regret, que l'abbé crut devoir sourire avec complaisance.

— « Lorsque nous avons été le délivrer, une heure plus tard », reprit-il, « il était assis devant la table, la tête entre les mains. Il nous a jeté un regard terrible ; ses yeux étaient secs. Nous l'avons sommé de nous faire des excuses ; il ne nous a pas répondu. Il nous a suivi docilement dans notre cabinet, les cheveux emmêlés, les yeux à terre, l'air têtu. Nous lui avons fait ramasser les débris du malheureux presse-papiers, mais sans obtenir qu'il desserrât les dents. Alors, nous l'avons conduit à la chapelle, et nous avons cru séant de le laisser là, seul avec le bon Dieu, pendant une grande heure. Puis nous sommes venu nous agenouiller à son côté. Il nous a semblé, à ce moment-là, que peut-être il avait pleuré ; mais la chapelle était obscure, nous n'oserions l'affirmer. Nous avons récité à mi-voix une dizaine de chapelet ; puis nous l'avons sermonné ; nous lui avons représenté le chagrin de son père, lorsqu'il apprendrait qu'un mauvais camarade avait compromis la pureté de son cher garçon. Il avait croisé les bras et tenait la tête levée, les yeux fixés vers l'autel, comme s'il ne nous entendait pas. Voyant que cette obstination se prolongeait, nous lui avons enjoint de retourner à l'étude. Il y est resté jusqu'au soir, à sa place, les bras toujours croisés, sans ouvrir un livre. Nous n'avons pas voulu nous en apercevoir. À sept heures, il est parti comme de coutume, – sans venir nous saluer, cependant.

« Voilà toute l'histoire, Monsieur », conclut le prêtre avec un regard fort animé. « Nous attendions, pour vous mettre au courant, d'être renseigné sur la sanction prise par le censeur du lycée contre le triste sire qui s'appelle Fontanin : renvoi pur et simple, sans doute. Mais, en vous voyant inquiet ce soir... »

— « Monsieur l'abbé », interrompit M. Thibault, essoufflé comme s'il venait de courir, « je suis atterré, ai-je besoin de vous le dire ! Quand je songe à ce que de pareils instincts peuvent nous réserver encore... Je suis atterré », répéta-t-il, d'une voix songeuse, presque basse ; et il demeura immobile, la tête en avant, les mains sur les cuisses. N'eût été le tremblement à peine visible, qui, sous la moustache grise, agitait sa lèvre inférieure et sa barbiche blanche, ses paupières baissées lui eussent donné l'air de dormir.

— « Le vaurien ! » cria-t-il soudain, en lançant sa mâchoire en avant ; et le regard incisif qui, à ce moment-là, jaillit entre les cils, marquait assez que l'on se fût mépris en se fiant trop longtemps à son apparente inertie. Il referma les yeux et tourna le corps vers Antoine. Le jeune homme ne répondit pas tout de suite ; il tenait sa barbe dans sa main, fronçait les sourcils et regardait à terre :

— « Je vais passer à l'hôpital pour qu'on ne compte pas sur moi demain », fit-il ; « et, dès la première heure, j'irai questionner ce Fontanin. »

— Dès la première heure ? » répéta machinalement M. Thibault. Il se mit debout. « En attendant, c'est une nuit blanche », soupira-t-il, et il se dirigea vers la porte.

L'abbé le suivit. Sur le seuil, le gros homme tendit au prêtre sa main flasque :

— « Je suis atterré », soupira-t-il, sans ouvrir les yeux.

— « Nous allons prier le bon Dieu pour qu'il nous assiste tous », dit l'abbé Binot avec politesse.

Le père et le fils firent quelques pas en silence. La rue était déserte. Le vent avait cessé, la soirée était douce. On était dans les premiers jours de mai.

M. Thibault songeait au fugitif. « Au moins s'il est dehors, il n'aura pas trop froid. » L'émotion amollit ses jambes. Il s'arrêta et se tourna vers son fils. L'attitude d'Antoine lui rendait un peu d'assurance. Il avait de l'affection pour son fils aîné ; il en était fier ; et il l'aimait particulièrement ce soir, parce que son animosité vis-à-vis du cadet s'était accrue. Non qu'il fût incapable d'aimer Jacques : il eût suffi que le petit lui procurât quelque satisfaction d'orgueil, pour éveiller sa tendresse ; mais les extravagances et les écarts de Jacques l'atteignaient toujours au point le plus sensible, dans son amour-propre.

— « Pourvu que tout cela ne fasse pas trop d'esclandre ! » grogna-t-il. Il se rapprocha d'Antoine, et sa voix changea : « Je suis content que tu aies pu être relevé de ta garde, cette nuit », fit-il. Il était intimidé du sentiment qu'il exprimait. Le jeune homme, plus gêné encore que son père, ne répondit pas.

— « Antoine... Je suis content de t'avoir près de moi ce soir, mon cher », murmura M. Thibault, en glissant, pour la première fois peut-être, son bras sous celui de son fils.

Roger MARTIN DU GARD, *Le Cahier Gris*

Mauriac

(1885-1970)

Angoisses et délices du péché

Mauriac est poète, dramaturge, romancier, critique, journaliste et mémorialiste. Il est aussi bordelais, angoissé et fiévreux. Il sera gaulliste. Il est surtout catholique.

Fils d'un propriétaire de vignes à Malagar – selon la règle si souvent vérifiée, il n'a pas deux ans à la mort de son père –, François Mauriac s'est d'abord cru poète. Il publie *Les Mains jointes* sous les acclamations de Barrès et les quolibets de Brasillach qui se moque de vers tels que celui-ci :

Rêver à ses péchés dans la chapelle douce

et, trente plus tard, *Le Sang d'Atys* :

Il rit d'un rire fou qui blesse le silence.

Au théâtre, il donne *Asmodée*, *Les Mal-Aimés*, *Le Feu sur la terre.* Au cours d'un entracte où il a déjà compris que le succès sera mitigé, il rencontre Henri Bernstein, auteur alors illustre, aujourd'hui très oublié. Les deux hommes de théâtre ne se portent pas dans leur cœur. « Alors, Mauriac, dit Bernstein avec un sourire carnassier, vous êtes content ? — Moins que vous », répond Mauriac. Toute sa vie, Mauriac, polémiste redoutable, maniera la formule avec férocité. Tout le monde connaît son mot à Mme Daniel-Rops, femme de l'auteur d'une célèbre *Vie de Jésus*, enveloppée dans une fourrure qu'il caresse de sa main de cardinal espagnol : « Doux Jésus ! » Dans le hall du *Figaro* où j'échange quelques phrases avec lui, nous voyons s'avancer en boitant un éminent confrère qui s'est cassé le pied. Mi-pouffant, mi-murmurant, la main devant la bouche, François Mauriac me glisse : « Ça va le gêner pour écrire. » À Jean-Jacques Gautier, critique théâtral du *Figaro*, il offre, dans son bureau du rond-point des Champs-Élysées, un de ses romans dédicacé. En tendant le livre, il s'écorche à une de ces horloges anciennes au décor rococo et une goutte de son sang tombe sur la page ouverte. « Tenez ! dit-il, voici mon sang... » Il se reprend aussitôt, cache son visage dans ses longues mains et s'écrie avec un désespoir où se mêle une ombre d'ironie : « Ah ! je blasphème... »

Plus que ses poèmes et son théâtre, ce sont ses romans qui font la gloire de Mauriac. *Le Baiser au lépreux*, *Le Désert de l'amour*, où le docteur Courrèges, amoureux de Maria Cross, fatigué de ne lui adresser « que des encouragements au bien et que des conseils édifiants », rêve de l'aimer comme une femme et de la conquérir « avec violence », *Genitrix*, avec son portrait de mère abusive, *Thérèse Desqueyroux*, l'histoire d'une empoisonneuse, *Le Nœud de vipères* suffisent à rendre célèbre le nom de leur auteur. Dans l'odeur des pins, dans le sable des Landes, dans les passions bordelaises, dans l'âpreté de l'argent et des préséances provinciales, le thème qui court à travers toute l'œuvre de Mauriac, élevé par sa mère et par les marianistes dans une foi catholique à connotation janséniste qu'il ne reniera jamais, c'est celui de la grâce et du péché. « Rien ne pourra faire que le péché ne soit l'élément de l'homme de lettres et les passions du cœur le pain et le vin dont chaque jour il se délecte : puisse au moins la Grâce demeurer présente dans notre œuvre ; même méprisée et en apparence refoulée, que le lecteur sente partout cette nappe immense, cette circulation souterraine de l'amour. »

C'est ce va-et-vient entre la grâce et le péché, entre le crime et l'amour qui est la marque de fabrique des romans de Mauriac. L'atmosphère est pesante. Le mal rôde à travers les pins et la bonne bourgeoisie. Le potage du repas familial sent un peu l'arsenic. Mais la grâce est là et elle descend sur le pécheur. Surtout sur le pécheur. Il ne faudrait pas pousser très loin l'auteur des *Chemins de la mer* pour lui faire avouer que le mal est le terrain privilégié de la grâce divine. « La vie de la plupart des hommes est un chemin mort et ne mène à rien. Mais d'autres savent, dès l'enfance, qu'ils vont vers une mer inconnue. Déjà l'amertume du vent les étonne ; déjà le goût du sel est sur leurs lèvres, jusqu'à ce que, la dernière dune franchie, cette passion infinie les soufflette de sable et d'écume. Il reste de s'y abîmer ou de revenir sur ses pas. » Mauriac est un homme déchiré. Et cette déchirure l'enchante et le crucifie. Le monde et ses prestiges charnels le fascinent et lui font horreur. Il parle de « l'horrible passion d'envier ce qu'on méprise ».

Quand François Mauriac écrit sur les écrivains, c'est sur le confluent de la religion et de la littérature qu'il porte ses regards. *La Vie de Jean Racine* – ce qu'il aime, chez Racine, c'est une pureté mêlée de crimes – ou *Blaise Pascal et sa sœur Jacqueline* ou encore *Le Romancier et ses personnages* sont l'œuvre d'un homme qui connaît la littérature de l'intérieur – mais surtout d'un chrétien. Ce n'est pas assez dire que Mauriac est un écrivain catholique : c'est un catholique qui écrit des romans. Dans *Souffrance et bonheur du chrétien* ou dans sa *Vie de Jésus*, sa foi parle sans contrainte. Il soutient que « le romancier est, de tous les hommes, celui qui ressemble le plus à Dieu : il est le singe de Dieu ».

Dans un article célèbre, et assez injuste, de la NRF, et qui le blessa cruellement, Jean-Paul Sartre a reproché à Mauriac d'avoir pris le parti de Dieu dans la littérature. « Il a choisi la toute-connaissance et la toute-puissance divines. Mais un roman est écrit par un homme pour des hommes. Au regard de Dieu, qui perce les apparences sans s'y arrêter, il n'est point de roman. Il n'est point d'art puisque l'art vit d'apparences. Dieu n'est pas un artiste. M. Mauriac non plus. »

Poète, homme de théâtre, romancier, Mauriac a été au *Figaro* ou à *L'Express* un très grand journaliste, fidèle à des convictions qu'il défend avec une puissance et une ironie souvent féroces, et emporté par la passion. Proche, dans sa jeunesse, du *Sillon* de Marc Sangnier, Mauriac n'a cessé de défendre, contre les totalitarismes soviétique et fasciste, la cause de l'humanisme chrétien. Comme Bernanos, il soutient, avant la guerre, les républicains espagnols contre Franco qui se réclame de l'Église catholique. Pendant la guerre, il se range du côté de la résistance et publie *Le Cahier noir* dans la clandestinité. À la Libération, les joutes de trois journalistes passionnés tiennent les Français en haleine : Camus dans *Combat*, Pierre Hervé dans *Clarté*, Mauriac dans *Le Figaro*. Contre ses adversaires qui réclament d'abord la justice, il défend les droits de la charité : « Ce qu'il y a de plus horrible au monde, c'est la justice séparée de la charité. » Adversaire des nazis, Mauriac est hostile aux excès de l'épuration et, en chrétien qui pardonne, il sera au premier rang de ceux qui demanderont au général de Gaulle la grâce de Brasillach qui l'avait naguère attaqué avec tant de violence. Comme Massignon, avec qui il va prier sur le pavé de Paris, il prend position contre la déposition du sultan du Maroc. Il fait campagne contre la guerre d'Indochine et, comme Raymond Aron, contre la guerre d'Algérie. Il heurte les sentiments des abonnés conservateurs du *Figaro* et, devant l'avalanche des lettres hostiles des fidèles lecteurs, Pierre Brisson, directeur du *Figaro*, et François Mauriac, illustre collaborateur du journal, prennent en commun la décision de se séparer. On raconte que dans un dialogue célèbre qui n'est pas sans rappeler la scène où Titus, *invitus invitam*, malgré lui, malgré elle, répudie Bérénice, Brisson se serait écrié : « Mais, François, que va devenir *Le Figaro* sans vous ! » Et Mauriac, déjà sur le pas de la porte du fameux bureau rond, se serait retourné et aurait lancé : « *L'Aurore !* »

À *L'Express*, où il est accueilli par Jean-Jacques Servan-Schreiber et par Françoise Giroud, puis de nouveau au *Figaro littéraire* – et les va-et-vient de Mauriac sont chaque fois un événement parisien –, le *Bloc-notes* de François Mauriac, où la politique se pare de tous les charmes de la littérature et des souvenirs personnels – « C'est à quoi je songe, vieux lièvre tapi entre deux règes de ma vigne, au soir d'un automne brûlant... » –, scande les grandes heures de la fin de la IVe République et des débuts de la Ve.

Chrétien, François Mauriac est aussi gaulliste. Il soutient avec ardeur la politique du Général. Attaqué par Jean-Paul Sartre, de Gaulle, qui a le culte de la littérature et de ses grandes figures, est flanqué de deux écrivains : l'un, Malraux, l'ami génial venu du communisme, est assis à sa droite au conseil des ministres ; l'autre, Mauriac, la conscience humaniste et chrétienne, prix Nobel en 1952 – « J'ignorais, murmure un adversaire, que l'on donnât le Nobel à un écrivain régionaliste » –, défend son action dans la presse. Il la défend avec une force de conviction et une ironie mordante qui le hissent au tout premier rang de nos polémistes politiques. Au tout premier rang aussi de nos mémorialistes. Synthèse des préoccupations du chrétien, de l'écrivain et du politique engagé dans son temps, les *Mémoires intérieurs* constituent un des sommets de l'art de Mauriac. On ne sait jamais ce qu'on écrit. Poète, homme de théâtre, romancier, il n'est pas exclu que Mauriac survive surtout par ses *Mémoires intérieurs* et par son *Bloc-notes*.

La voix de François Mauriac avait été brisée par un cancer de la gorge. Il jouait de sa voix rauque et d'une respiration haletante avec un talent incomparable. Lorsqu'il lançait une de ses flèches, il mettait souvent, en un murmure cassé, sa main devant sa bouche. Multiple et pourtant unique, irritant, attachant, d'une drôlerie merveilleuse, fidèle à ses convictions avec un grand courage, Mauriac était, dans la presse, dans les dîners parisiens, aux premières de théâtre, dans les manifestations officielles, un personnage de la comédie parisienne. Il était bien plus que cela. Il était un chrétien qui ne transigeait pas avec sa foi et un écrivain aux dons éclatants, salué par ses pairs, longtemps suivi par la jeunesse, qui avait donné au journalisme un éclat exceptionnel et qui avait construit ses romans, dans une odeur de pins, sous un ciel d'orage étouffant, sur la trouble dualité et l'unité profonde de la grâce et du péché.

Biographie

11 ***octobre*** *1885. Naissance de François Mauriac à Bordeaux. Germaine, Raymond, Pierre et Jean sont ses frères et sœur aînés.*

11 ***juin*** *1887. Mort de son père. Son oncle, Louis Mauriac, irréligieux et dreyfusard, devient le tuteur des enfants Mauriac.*

1888. Mort de sa grand-mère paternelle.

1890. Mort de son grand-père paternel, Jacques.

1892. Entre au collège des Marianites. Souffre d'être séparé de sa mère la journée.

12 ***mai*** *1896. Fait sa première communion.*

1900. Germaine épouse le docteur Georges Fieux.

1901. Classe de rhétorique.

1902. Succès au premier baccalauréat. Mort de sa grand-mère maternelle. Amitié avec André Lacaze. Découvre Barrès.

1903. Échoue au second baccalauréat.

1904. Reçu au baccalauréat. S'inscrit en licence de lettres.

1906. Reçu à la licence. Rencontre Marc Sangnier venu faire une conférence et adhère au Sillon. *Découvre la poésie moderne, Jammes en particulier.*

Septembre *1907. À Paris pour préparer l'École des chartes. Quitte* Le Sillon.

Novembre *1908. Entre à l'École des chartes.*

1908. Préside La Réunion des étudiants. *Deux articles paraissent dans* La Revue Montalembert.

1909. Démissionne de l'École des chartes.

Mai *1909. Assure une chronique de poésie dans la* Revue du temps présent.

21 ***mars*** *1910. Dans* L'Écho de Paris, *Barrès fait l'éloge des* Mains jointes.

1910. Fréquente quelques salons littéraires. Rencontre Lucien Daudet et Jean Cocteau. Collabore à La Revue hebdomadaire.

Été *1910. Voyage en Italie avec François Le Grix.*

1911. Échec sentimental. Voyage avec André Lafon.

1912. Rencontre Jeanne Lafon.

3 ***juin*** *1913. Épouse Jeanne Lafon à Talence.*

1913. Collabore à La Revue de la jeunesse.

25 ***avril*** *1914. Naissance de Claude Mauriac.*

1914. Collabore à La Voix de Clichy *sous le nom de François Sturel.*

1915-1916. Exempté, il s'engage au front de la Croix-Rouge.

2 ***décembre*** *1916. S'embarque pour Salonique.*

Mars *1917. Rapatrié à la suite d'une forte fièvre.*

Juin *1917. Rencontre André Gide et Paul Valéry.*

5 ***août*** *1917. Naissance de Claire.*

***Février** 1918. Rencontre Proust chez Mme Alphonse Daudet.*
1918. Année de grande activité littéraire.
***Avril** 1919. Collabore au* Gaulois.
*17 **avril** 1919. Naissance de Luce.*
*15 **août** 1924. Naissance de Jean.*
1925. Reçoit le Grand Prix du roman de l'Académie française pour Le Désert de l'amour.
1927-1928. Traverse une crise religieuse.
***Mai** 1929. Voyage en Espagne avec Ramón Fernández.*
***Juin** 1929. Mort de sa mère.*
1930. Fondation de la revue Vigile *qui ne durera pas.*
1932. Sérieuse opération de la gorge.
***Mars** 1932. Élu président de la Société des gens de lettres.*
***Juillet** 1932. Début de sa collaboration à* L'Écho de Paris, *journal catholique et conservateur.*
***Juin** 1933. Élu à l'Académie française.*
*16 **novembre** 1933. Réception à l'Académie française.*
***Juin** 1934. Quitte* L'Écho de Paris *pour* Le Figaro.
***Novembre** 1937. Collabore à* Temps présent, *journal catholique de gauche.*
*22 **novembre** 1937. Première d'*Asmodée *à la Comédie-Française.*
1937-1940. Activité journalistique importante.
1940-1944. Activité littéraire mise entre parenthèses à cause de la guerre.
***Août** 1944. Reprend sa collaboration au* Figaro.
*1er **septembre** 1944. Première rencontre avec Charles de Gaulle.*
***Mars** 1945. Première des* Mal-Aimés *à la Comédie-Française.*
***Décembre** 1947. Première de* Passage du Malin *au théâtre de la Madeleine.*
1948. Fondation d'une revue, La Table ronde.
1950. Représentation du Feu sur la terre *par le théâtre Hébertot.*
*10 **décembre** 1952. Reçoit le prix Nobel de littérature. Premier* Bloc-notes *à* La Table ronde.
1953. Fondation de France-Maghreb.
***Novembre** 1953. Rompt avec* La Table ronde. *Le* Bloc-notes *paraît dans* L'Express. *Rompt avec le MRP.*
***Juin** 1954. Soutient le ministère Mendès France.*
1955. N'écrit plus que dans Le Figaro littéraire, *abandonnant le quotidien.*
1958. Mauriac se rallie au général de Gaulle au moment du putsch d'Alger.
***Avril** 1961. Rompt avec* L'Express. *Son* Bloc-notes *paraît dans* Le Figaro littéraire.
***Juin** 1965.* Destins *est adapté pour la télévision.*

1966. Démissionne de la présidence de France-Maghreb au moment de l'affaire Ben-Barka.
1969. Le Désert de l'amour *est adapté pour la télévision.*
27 ***avril*** *1969. Se casse l'humérus dans un accident.*
15 ***août*** *1970. Dernier* Bloc-notes.
1er ***septembre*** *1970. Mort de Mauriac à Paris.*

Œuvres

1898. Va-t'en
1909. Les Mains jointes
1911. L'Adieu à l'adolescence
Le Cousin de Paris *(nouvelle)*
1912. Camille *(nouvelle)*
1913. L'Enfant chargé de chaînes
1914. La Robe prétexte
1920. Petits Essais de psychologie religieuse
Le Visiteur nocturne *(nouvelle)*
La Chair et le Sang
1921. La Paroisse morte *(nouvelle)*
Préséances
1922. Le Baiser au lépreux
1923. Genitrix
Le Fleuve de feu
1924. Le Mal *dans* Demain
1925. Le Désert de l'amour
Orages *(poésie)*
1926. Le Jeune Homme
La Province
Bordeaux
La Rencontre avec Pascal
Le Tourment de Jacques Rivière
Proust
Un homme de lettres
Coups de couteau
1927. Thérèse Desqueyroux
1928. Destins
La Vie de Jean Racine
Divagations sur Saint-Sulpice
Le Roman
L'Artisan du livre
Dramaturges
Le Démon de la connaissance
1929. Dieu et Mammon
Voltaire contre Pascal
Trois Récits (Coups de couteau ; Le Démon de la connaissance ; Un homme de lettres)
1930. Ce qui était perdu
Paroles en Espagne
Trois Grands Hommes devant Dieu

1931. Blaise Pascal et sa sœur Jacqueline
Souffrances et bonheur du chrétien
Le Jeudi saint
1932. Le Nœud de vipères
1933. Le Mystère Frontenac
Le Romancier et ses personnages
1934. Journal I
1935. La Fin de la nuit
1936. La Vie de Jésus
Les Anges noirs
Le Rang *(nouvelle)*
1937. Journal II
1938. Asmodée *(théâtre)*
Plongées (Insomnie ou la Nuit du bourreau de soi-même ; Le Rang ; Conte de Noël ; Le Dernier Chapitre du Baiser au lépreux ; Thérèse chez le docteur ; Thérèse à l'hôtel)
1939. Les Chemins de la mer
Les Maisons fugitives
1940. Le Sang d'Atys
Journal III
1941. La Pharisienne
1942. Fragment d'Eudymion, Poésie 42
1943. Le Cahier noir
1945. Le Bâillon dénoué
La Rencontre avec Barrès
Sainte Marguerite de Cortone
1947. Du côté de chez Proust
1948. Passage du malin
Journal d'un homme de trente ans
1949. Mes grands hommes
1950. Journal IV
Œuvres complètes *(t. I et II)*
Les Mal-Aimés
1951. Le Sagouin
La Pierre d'achoppement
Le Feu sur la terre
Œuvres complètes *(t. III et VII)*
1952. Galigaï
Lettres ouvertes
La Mort d'André Gide
1953. Journal V
1954. L'Agneau
Paroles catholiques

1955. Le Pain vivant
1958. Bloc-notes (1952-1957)
Le Fils de l'homme
1959. Mémoires intérieurs
1961. Le Nouveau Bloc-notes (1958-1960)
1962. Ce que je crois
1964. De Gaulle
1965. Nouveaux Mémoires intérieurs
1967. Mémoires politiques
1968. Le Nouveau Bloc-notes (1961-1964)
1969. Un adolescent d'autrefois
1970. Le Nouveau Bloc-notes
1971. Le Dernier Bloc-notes
1972. Malataverne *(inachevé)*

Extraits choisis

Jean Péloueyre est un jeune homme que la nature n'a pas gâté, dont la mère est morte et dont le père, grand propriétaire terrien landais, ne s'occupe guère. Noémi d'Artiailh, dix-sept ans, consent à l'épouser par obéissance envers sa famille mais elle est rebutée par le physique de son mari. Leurs rapports sont maladroits. Désespéré, Jean rend quotidiennement visite à un ami tuberculeux avec la secrète espérance d'attraper la mort. Il y parvient. Noémi, avec la servante Cadette, le soigne alors avec un profond dévouement. Jean, proche de cette mort tant désirée, voit bien le trouble qui s'empare peu à peu de son épouse au contact de son séduisant médecin.

Le Baiser au lépreux

UN APRÈS-MIDI, À LA FIN DE SEPTEMBRE, IL S'ÉVEILLA D'UNE longue somnolence et aperçut, dans un fauteuil, près de la fenêtre, Noémi, la tête renversée par le sommeil, écouta ce souffle d'enfant calme, referma les yeux. Au bruit de la porte, il les rouvrit ; le docteur entrait doucement ; Jean fut lâche devant l'effort d'une seule parole d'accueil et feignit de dormir. Les souliers de chasse du jeune homme craquèrent. Puis plus rien : un silence qui incita Jean Péloueyre à voir. L'ami inconnu, près de la jeune femme assoupie, se tenait debout. Non pas d'abord incliné vers elle, imperceptiblement il se pencha, et sa forte main velue tremblait... Jean Péloueyre ferma les yeux, entendit la voix basse de Noémi : « Ah ! pardonnez-moi... Vous m'avez surprise, docteur ; je dormais un peu, je crois... Notre malade est abattu aujourd'hui... Le temps est si accablant ! Voyez : les feuilles ne remuent pas... » Le docteur répondit que pourtant le vent soufflait du sud-ouest ; et Noémi : « Le vent d'Espagne nous portera l'orage... » L'orage, c'était ce garçon pâle et furieux de désir et de qui les yeux paraissaient « chargés » comme le ciel. Noémi se leva, vint vers Jean, et mit ce lit de fer entre elle et l'homme qui la couvait du regard. Il balbutia : « Il faudrait vous ménager, madame, dans son intérêt même. — Oh ! Moi, je résiste à tout ; je trouve la force de manger et de dormir comme une bête... Comment font ceux qui meurent de chagrin ? » Ils s'assirent loin l'un de l'autre. Jean Péloueyre semblait sommeiller toujours et sans remuer les lèvres, se chantait à lui-même, en marquant la césure : *Mon Péloueyre touche à son heure dernière...*

Comme si l'arrière-saison l'eût retenu dans un embrassement, dans ses voiles et dans son odeur de larmes, il étouffa moins, se nourrit un peu : ce furent pourtant ses jours de plus grande souffrance. Au bord de la mort, mais vivant, s'il ne doutait pas de Noémi, – lorsqu'il entrerait dans la ténèbre, avec quoi se défendrait-il contre ce jeune homme qui était beau ? L'ombre misérable d'un mort ne sépare pas ceux qui furent prédestinés à s'aimer. Rien ne parut de ses affres ; il serrait la main du docteur, lui souriait. Ah ! qu'il aurait voulu vivre pourtant afin de le vaincre et d'être préféré ! Quelle sombre folie lui avait donc inspiré le désir de la mort ? Même sans Noémi, même sans femme, il fait si bon boire l'air, et la caresse du vent de l'aube l'emporte sur toutes caresses... Trempé de sueur, et dans le dégoût de son odeur de malade, il regardait le petit-fils de Cadette qui, par la fenêtre ouverte, lui tendait la première bécasse de la saison... Ô matinées de chasse ! Béatitude des pins aux cimes ternes et grises dans l'azur, pareils aux humbles qui seront glorifiés ! Alors, au plus épais de la forêt, une coulée verte d'herbages, d'aulnes et de brume dénonçait l'eau vive que l'alios colore d'ocre. Les pins de Jean Péloueyre forment le front de l'immense armée qui saigne entre l'Océan et les Pyrénées ; ils dominent Sauternes et la vallée brûlante où le soleil est réellement présent dans chaque gaine de chaque grappe... Avec le temps, Jean Péloueyre eût été moins soucieux de son corps parce que toute laideur comme toute beauté se perd dans la vieillesse ; et il aurait eu cela, du moins, les retours de la chasse, les champignons ramassés. Les étés d'autrefois brûlent dans les bouteilles d'Yquem et les couchants des années finies rougissent le Gruau-Larose. On lit devant le grand feu de la cuisine, entouré de landes pluvieuses... Cependant Noémi disait au docteur : « Ce n'est pas la peine que vous reveniez demain... » Il répondait : « Si ! Si ! Je reviendrai... » Noémi comprenait-elle ? Se pouvait-il qu'elle ne comprît pas ? S'était-il jamais déclaré ? Jean Péloueyre mourrait-il sans voir l'issue de cette lutte à son chevet ? On eût dit que quelqu'un ayant connu que le pauvre enfant se détachait du monde sans souffrir assez, à la hâte tressait des liens tels qu'il ne les pût briser qu'en un immense effort. Pourtant, un à un, tous se rompirent jusqu'à sa rechute dernière : ses passions s'éteignirent avant lui et vint le jour où il put donner à tous le même sourire, la même gratitude sans nuance. Ce n'étaient plus des vers qu'il répétait, mais des paroles comme celles-ci : « C'est Moi. Ne craignez point... »

Les pluies de l'hiver finissant enserrèrent la chambre ténébreuse. Pourquoi se demandait-on si Jean Péloueyre souffrait puisque sa souffrance était une joie ? De la vie, il ne percevait plus que les chants des coqs, des cahots de charrette, des appels de cloche, ce ruissellement indéfini sur les tuiles, et, la nuit, des sanglots de rapaces oiseaux, des cris de bêtes assassinées. Sa dernière aube toucha les vitres. Cadette alluma un feu dont la fumée résineuse emplit la chambre. Cette haleine de pins incendiés que si souvent, dans les étés torrides, la lande natale lui souffla au visage, Jean Péloueyre la reçut sur son corps expirant.

François MAURIAC, *Le Baiser au lépreux*

Morand

(1888-1976)

Un Mongol au galop

Mon père aimait les généalogies. Un beau jour, il reçut de Paul Morand, de passage à Gotha, en Thuringe, où se fabriquait le fameux almanach, une carte postale avec ces vers :

Marquis, toi que dans la science
Des noms nul ne dégotta,
C'est presque un cas de conscience
De t'écrire de Gotha

En réalité, les relations entre Morand et mon père étaient plutôt orageuses. Fils d'un peintre qui avait tâté du théâtre et qui était conservateur du dépôt des marbres, Paul Morand, après avoir raté son baccalauréat de philosophie et passé un été à Munich sous la houlette d'un normalien qui avait six ans de plus que lui et qui s'appelait Giraudoux, était devenu diplomate. Il échappe à la guerre et est envoyé comme « affecté spécial » auprès de Paul Cambon, ambassadeur à Londres, qui l'appelle « mon attaché cubiste ». Morand raconte ces années dans son *Journal d'un attaché d'ambassade*, plein de notations légères et d'anecdotes, comme cette histoire d'un homme qui, ayant des problèmes de prostate, est contraint de passer beaucoup de temps dans les édicules publics. Craignant qu'on ne soupçonne ses mœurs, il en sort en chantonnant assez fort : « Ah ! Les femmes ! les femmes ! Il n'y a que ça ! » Ou Clemenceau, assailli par les solliciteurs, marchant à grands pas pour leur échapper et lançant très fort à la cantonade : « Vous voulez coucher avec Mme Poincaré, mon cher ami ? Considérez que c'est fait ! »

C'est à Londres que mon père, diplomate lui aussi, rencontra Paul Morand. Il ne s'entendit pas très bien avec lui. Il le trouvait snob, léger, exclusivement occupé de littérature. Il lui demanda un jour le numéro d'une dépêche arrivée la veille du Quai d'Orsay. « J'ai le sentiment, répondit Morand, que c'était la 743. — Je ne vous demande pas un sentiment, lui dit mon père, mais un renseignement. » Les choix politiques de Morand et son antisémitisme, et plus encore celui de sa femme qui avait été d'abord – généalogie, quand tu nous tiens... – princesse Hélène Soutzo – et dont on disait qu'elle avait l'air d'une Minerve qui aurait avalé sa chouette – accentuèrent encore leurs différends.

Morand était ami de Cocteau, d'Auric, de Milhaud, de Proust – qui préfacera ses *Tendres Stocks* sans indulgence excessive et à qui il consacrera un beau poème :

Proust, de quels raouts revenez-vous donc la nuit ?...

Très vite, il devient célèbre. Servis par un style neuf et brillant – « le trait en éclair, le ton cassant, l'image qui fait sursauter », dira Chardonne –, et aussi par une publicité tapageuse orchestrée par Grasset, *Ouvert la nuit*, *Fermé la nuit*, *Lewis et Irène* – un roman d'amour dans le monde des affaires – connaissent un succès éclatant et deviennent les livres à la mode. En quatre volumes – *L'Europe galante*, *Magie noire*, *Bouddha vivant*, *Champions du monde* –, il dépeint successivement les quatre parties d'un univers trépidant en proie à des convulsions, lancé à toute vitesse dans de formidables aventures : notre vieux monde d'entre-deux-guerres décati et charmant, l'Afrique et sa diaspora, l'Asie et l'Amérique. S'y ajoutent des portraits de villes : *New York* – « qui vous reçoit debout » –, *Londres*, *Bucarest*. « Globe-trotter de la littérature », soucieux de « surveiller la désorganisation du monde », Morand est un voyageur frénétique et un observateur aigu qui vous met sous les yeux et presque entre les mains une planète qu'il saisit et comprend mieux que personne.

Parce qu'il est le monde moderne, il est la mode et la publicité. Il est aussi la vitesse, le sport, le jazz, le cinéma, la voiture décapotable à la conquête des printemps de ce monde. Auteur d'une centaine d'ouvrages brefs, lapidaires, nerveux, Morand, « inventeur du style moderne », fait ses gammes dans tous les genres : poésie – *Lampes à arc* –, roman, chronique, théâtre, journal intime, histoire – *Fouquet ou le Soleil offusqué* –, mais son style syncopé et rapide, à l'image de la musique de ce temps qui voit naître l'automobile et l'avion, brille surtout dans la nouvelle.

Il est le maître du genre. Contre les « méandres du roman-fleuve et même du roman tout court », Morand multiplie les nouvelles brèves où il voit comme les « feuilles de température du monde ». Un de ses romans s'appelle *L'Homme pressé*. Il est lui-même l'homme pressé. Il a le culte de la vitesse, il écrit volontiers à ses amis des cartes postales du monde entier qui ne portent que quelques mots, ses coups de téléphone ne durent jamais longtemps. Un soir, il me téléphone : « As-tu envoyé ta lettre ? — Quelle lettre ? — Ta lettre de candidature. — De candidature à quoi ? — À l'Académie. — Non. — Envoie-la. » Et il raccroche. Je l'ai envoyée. À un banquet officiel où il s'ennuyait et où il était coincé contre un mur, on le vit passer sous la table à la nappe damassée pour s'échapper plus vite. Je me souviens encore de lui, déjà âgé, sautant, après un dîner entre amis à Paris, dans une petite voiture rouge très rapide qui vite, vite, l'emportait vers Trieste où reposaient les cendres d'Hélène.

Il aime un style « rare, bref et serré ». À Maurice Rheims, qui est son ami et deviendra son exécuteur testamentaire, il confie que l'idéal de l'écriture, pour lui, c'est « la contraction de l'huître sous le citron ». Quelques-unes de ses nouvelles – *Milady*, l'histoire d'amour d'une jument et de son écuyer, magnifiquement interprété à l'écran par Dufilho, ou *Parfaite de Saligny* – sont des chefs-d'œuvre.

Paul Morand appartient à la famille, nombreuse, des écrivains-diplomates : Chateaubriand, Stendhal, Claudel, Giraudoux, Saint-John Perse, Romain Gary... Il cultive à la fois le cosmopolitisme et le cynisme. En juin 1940, il est à Londres. En juillet, il rentre en France et gagne Vichy.

Pour retrouver une femme ou pour rejoindre le Maréchal ? Les deux, probablement. Il sera ambassadeur à Bucarest en 1943, ambassadeur à Berne en 1944. À cette date, l'impudence et l'imprudence touchent à la provocation. À la Libération, il se retire à Vevey, au château de l'Aile où il est une sorte de Voltaire un peu abandonné, qui n'aurait pas choisi les droits de l'homme, mais à qui de jeunes écrivains viennent encore rendre visite. Il les reçoit avec drôlerie, avec vivacité, avec simplicité. Le général de Gaulle s'oppose à son élection à l'Académie française, dont il est le protecteur. Morand finira tout de même par être élu en 1968 : l'interdiction est levée, mais, contrairement à la tradition, le Général ne le recevra pas.

Beaucoup de choses me séparaient de Morand : son antisémitisme, qui éclate dans *France la doulce* ; ses choix politiques, radicalement opposés aux miens ; ses relations difficiles avec mon père. Comme dans le cas d'Aragon, mais en sens inverse, j'ai admiré l'écrivain et j'ai fini par avoir pour l'homme un véritable attachement. J'ai beaucoup aimé Morand qui était si loin de moi. Tant peuvent être fortes sur les jeunes gens les séductions de la littérature. Fils, gardez-vous à droite ! Fils, gardez-vous à gauche !

La fin de sa vie nous vaut encore de beaux livres : *Tais-toi*, apologie, non plus de la brièveté, mais du silence, *La Folle amoureuse*, et surtout *Venises*, un testament plein de jeunesse et d'éclat où on voit Henri de Régnier, Jean-Louis Vaudoyer et tant d'autres qui constituaient le « club des longues moustaches » s'asseoir, place Saint-Marc, sous le chinois du café Florian pour s'asperger de citations.

Paul Morand avait beaucoup de dons, beaucoup de charme, beaucoup de talent. Il écrivait : « Ces femmes qui rient avec un bruit de carafes qui se vident. » Il avait de l'audace et une forme de pudeur. Un de mes livres l'avait choqué. Chaque fois que je le voyais, il se jetait sur moi : « Surtout, pas de pornographie ! Et surtout, pas de journalisme ! » *Hécate et ses chiens* est un livre d'une surprenante hardiesse, mais Morand se garde bien de se laisser aller : tout est suggéré plutôt que dit. Le journalisme, il l'avait pratiqué plus et mieux que personne. Mais il ne l'avait pas éparpillé : il l'avait fait entrer dans ses livres.

Pour des raisons qui tiennent en partie à la marche de l'histoire, en partie au caractère sec et aigu de son œuvre, qui ne donne guère dans l'humanisme cher à notre époque – il était lui-même plutôt mal à l'aise avec l'humain –, Morand a connu le purgatoire de son vivant. Et il en est sorti de son vivant. Grâce surtout à ceux que Bernard Frank avait baptisés les « hussards » : les Nimier, les Blondin, les Déon, les Laurent. « Je n'ai pas de fils, me disait-il, mais j'ai des petits-fils. » Ce sont eux qui continuent à le lire, à admirer son allure de cavalier mongol aux jambes arquées par le cheval et le temps, aux pommettes saillantes, aux yeux un peu bridés, et à aimer le rythme sans mollesse ni répit qu'il impose à notre monde.

Biographie

13 ***mars*** *1888. Naissance de Paul Morand à Paris. Son parrain est Charles Houdard.*

1893. Succès des Drames sacrés *d'Eugène Morand et Armand Silvestre, musique de Charles Gounod, joués par Sarah Bernhardt. La famille fréquente un milieu d'artistes.*

1896-1900. Paul Morand est à l'école Sainte-Marie de Monceau.

1899. Assiste à sa première projection cinématographique à l'Élysée.

1900-1905. Entre au lycée Carnot. Élève moyen. Y rencontre Denise Rémon et Suzanne Lalique.

1902. Son père est nommé conservateur du Dépôt des marbres. Leur immeuble abrite des artistes comme Henri Martin, Jean-Paul Laurens, Auguste Rodin.

Été *1902. À Londres pour parfaire son anglais.*

1904. Début des séjours en Italie : Tremezzo et Venise. Les Morand retrouvent dans la cité des Doges : Segonzac, Brianchon, Oudot, Legueult, Henri de Régnier, Edmond Jaloux, Jean-Louis Vaudoyer, Abel Bonnard.

1905. Son père est nommé commissaire français à l'Exposition internationale de peinture de Munich. Jean Giraudoux, en séjour d'étude en Allemagne, est désigné pour préparer Paul Morand au rattrapage du baccalauréat. Reçu au baccalauréat, il s'inscrit en droit.

1906. À Sciences politiques, ses professeurs sont Leroy-Beaulieu, Boutmy, Lévy-Bruhl, Sorel, Renault et Tardieu. Revoit Jean Giraudoux avec qui il tisse des liens amicaux.

Mars-mai *1908. Son père l'éloigne pour mettre fin à sa liaison avec une femme mariée.*

Juillet *1908. Reçu à ses examens. Découvre les cafés littéraires avec Giraudoux. Y rencontre Toulet et Moréas.*

Août *1908. Séjour à Venise. Entretient une correspondance avec Lisette Haas.*

Janvier *1909. À Londres, à l'université d'Oxford. Découvre la littérature anglaise (Meredith, Benneth, Yeats, Housman).*

Octobre *1909. Service militaire aux archives de la préfecture de Caen.*

Été *1911. À Barcelone ; rencontre Soledad Villafranca.*

Octobre *1911. S'inscrit en quatrième année de Sciences politiques.*

1912. Reçu premier au petit concours des chancelleries. Nommé attaché au service du protocole.

1913. Reçu premier au grand concours des ambassades. En mai, il est nommé attaché à l'ambassade de Londres. Fréquente la bonne société. Premier voyage à Constantinople pour acheminer la valise diplomatique.

Août *1914. Regagne Paris. Rejoint le fort de Rosny-sur-Seine.*

Septembre 1914. *Affecté au service des auxiliaires, il rejoint l'ambassade de France à Londres.*

1915. Rencontre Marcel Proust.

Juillet 1916. *Nommé attaché de cabinet auprès de Philippe Berthelot à Paris. Tient le journal de son travail au ministère. Berthelot le présente à Claudel. Rencontre la princesse Soutzo qu'il présente à Proust en 1917.*

Octobre 1917. *Nommé troisième secrétaire à Rome où il ne se plaît pas.*

1918. Muté à Madrid. Rencontre Serge Diaghilev et Ramón Gómez de la Serna.

1919. Premier séjour aux Baléares.

1920. Nommé secrétaire au ministère, au service des œuvres françaises à l'étranger. Son supérieur est Jean Giraudoux. Rencontre Irène Lagut et Marie Laurencin.

Décembre 1920. *Réveillonne chez Gabrielle Chanel.*

1921. Collabore à la revue italienne La Ronda. *Chaque samedi soir, il retrouve Cocteau et le groupe des Six au* Gaya.

Janvier 1922. Le Gaya *change d'adresse et devient* Le Bœuf sur le Toit. *Entretient une brève liaison avec Misia Sert.*

17 **avril** *1923. Reçoit le prix de la Renaissance pour* Fermé la nuit.

Juin 1924. *Hélène Soutzo divorce.*

Juillet 1924. *Chevalier de la Légion d'honneur. Après Ezra Pound, assure la chronique des « Paris Letters » dans* The Dial.

1925. Gérant de la légation à Bangkok. Pour rejoindre son poste, il effectue à ses frais un tour du monde. Fait une escale chez Claudel. Collabore à Vanity Fair.

Octobre 1925. *Atteint de dysenterie, il s'éloigne de Bangkok pour raisons sanitaires. Est soigné à Saïgon où Malraux lui rend visite.*

Novembre 1925. *Promu premier secrétaire d'ambassade.*

1926. Achète L'Orangerie *vers Villefranche-sur-Mer.*

3 **janvier** *1927. Épouse Hélène Soutzo. Voyage de noces au Mexique puis aux États-Unis où ils retrouvent Paul Claudel avec qui ils visitent le Grand Canyon.*

Novembre 1927. *Voyage aux Antilles, à la Jamaïque et aux États-Unis.*

27 **janvier** *1928. Part pour l'Afrique noire. Y rencontre Albert Londres.*

Avril 1928. *La fille d'Hélène épouse Amédée de Broglie.*

Août-septembre 1928. *Croisière en Méditerranée.*

29 **mars** *1929. Naissance de Jean-Albert, petit-fils d'Hélène.*

2 **janvier** *1930. Mort de son père, Eugène Morand.*

Avril 1930. *Voyage au Maroc. Revient en France en passant par l'Espagne.*

Mars 1931. *Croisière sur le yacht d'André Embericos : Égypte, Palestine, Grèce, Constantinople.*

***Août** 1931. Arrivée à Rio de Janeiro. Visite l'Amérique latine puis se rend aux États-Unis.*

***Janvier** 1932.* Le Voyageur et l'Amour *est joué à la Comédie-Française.*

***Avril** 1932. Mort de la fille d'Hélène.*

***Août** 1932. Avec Alexandre Arnoux, travaille au scénario de* Don Quichotte. *Le film sera réalisé par Pabst. Lors du tournage à Nice, entame une longue liaison avec Josette Day.*

1933. Publie un article xénophobe dans 1933.

***Juin** 1934. Au comité de rédaction du* Figaro.

1934. Dirige la collection « Renaissance de la nouvelle » chez Gallimard.

1936. Long voyage au Moyen-Orient.

***Août** 1939. Arrive à Londres pour diriger la mission française de guerre économique.*

***Juin** 1940. L'ambassadeur à Londres démissionne.*

***Juillet** 1940. Vichy demande à Morand de rester en place et de maintenir un contact officieux avec le gouvernement anglais. Il regagne la France.*

***Août** 1940. Il est mis à la retraite d'office.*

1941. Les Morand vivent à Paris et reçoivent écrivains et artistes dont les partisans de la collaboration Marcel et Élise Jouhandeau, Serge Lifar et des officiels allemands.

***Avril** 1942. Chargé de mission au cabinet de Pierre Laval.*

***Juin** 1942. Déjeune avec Ernst Jünger.*

***Juillet** 1942. Dirige la Commission de censure cinématographique.*

Septembre *1942. Prête serment de fidélité à Pétain.*

1943. Hélène Morand intervient en faveur de Juifs emprisonnés dont l'acteur Jean Yonnel et le mari de Colette.

***Juillet** 1943. Démissionne de la Commission de censure. Il est nommé ministre plénipotentiaire de première classe en Roumanie.*

*31 **janvier** 1944. Mort de Jean Giraudoux.*

***Juillet** 1944. Ambassadeur de Vichy à Berne.*

14 **septembre** *1944. Révoqué par le général de Gaulle sans pension ni indemnité. Les Morand se retirent sur le lac de Genève.*

1945. Le Comité national des écrivains exclut Morand et lui interdit de publier en France.

*28 **février** 1947. Mort de sa mère.*

1948. Les Morand s'installent à Vevey.

1949. Voyage à Séville.

1950. Séjour à Tanger.

1951. Rencontre Roger Nimier et Jacques Laurent.

***Juillet** 1951. Fait une visite à Pétain à l'île d'Yeu.*

***Juillet** 1953. Réintégré dans l'administration.*

1955. Voyage en Irlande.

1956. Adapte pour la radio La Petite Catherine de Heilbronn *de Kleist et* La Fausse Épouse *de Middleton.*

Mars 1958. Mauriac attaque Morand dans Le Figaro littéraire *au moment de sa candidature à l'Académie française.*

Avril 1959. Morand retire sa candidature.

1962. La mort accidentelle de Roger Nimier l'affecte profondément. Visite de Cocteau à Vevey.

Mars 1964. À l'émission télévisée Lectures pour tous.

1968. Candidat à l'Académie française.

20 octobre 1968. Élu à l'Académie française.

20 mars 1969. Réception à l'Académie française.

1970. Dernier voyage aux États-Unis et au Canada.

1971. Tourne trois heures d'entretiens avec Pierre-André Boutang pour l'émission Archives du XXe siècle.

Mai 1971. Invité par Jacques Chancel dans Radioscopie.

1972. Hélène perd progressivement la vue.

Février 1973. La mort de son petit-fils, Jean-Albert, bouleverse Hélène.

1975. Nommé citoyen d'honneur à Vevey.

28 février 1975. Mort de sa femme Hélène.

Mars 1976. Les Archives du XXe siècle *consacrées à Morand sont diffusées.*

23 juillet 1976. Mort de Paul Morand.

2001. Parution du Journal inutile *dont Morand avait interdit la publication avant l'an 2000.*

Œuvres

1909. Afflictorum consolatrix *dans* The Oxford Magazine
1917. Clarisse ou l'Amitié nouvelle
1919. Lampes à arc *(poèmes)*
1920. Feuilles de température *(poèmes)*
1921. Tendres Stocks
1922. Ouvert la nuit *(nouvelles)*
1923. Fermé la nuit *(nouvelles)*
1924. Poèmes
Lewis et Irène
1925. L'Europe galante
1926. Rien que la terre
Bouddha vivant
1927. Le Voyage
1928. USA 1927. Album de photographies lyriques *(poèmes)*
Magie noire
1929. Hiver caraïbe
New York *dans* La Revue de Paris
1930. « À la Frégate »
Champions du monde
1931. Route de Paris à la Méditerranée
Papiers d'identité
1900
1932. Le Voyageur et l'Amour
Air indien
1933. Londres
Rococo
France la Doulce
1934. Rond-Point des Champs-Élysées
1935. Bucarest
1936. La Route des Indes
Les Extravagants
1937. Apprendre à se reposer
1938. Isabeau de Bavière, femme de Charles VI
1939. Réflexes et réflexions
1941. L'Homme pressé
1942. Propos des 52 semaines
1944. Excursions immobiles
1947. Montociel, rajah aux grandes Indes
1948. Journal d'un attaché d'ambassade : 1916-1917
1951. Le Flagellant de Séville
1954. L'Eau sous les ponts

1957. Fin de siècle
1959. Théâtre (Le Lion écarlate ; La Fin de Byzance ; Isabeau de Bavière)
1960. Bains de mer, bains de rêve
1963. La Dame blanche des Habsbourg
Le Nouveau Londres
1964. Stendhal chez Marie-Louise *(pièce radiophonique)*
Eugénie et Charlotte *(pièce radiophonique)*
1965. Tais-toi
Nouvelles du cœur
Nouvelles des yeux
1967. Monplaisir... en littérature
1968. Ci-gît Sophie-Dorothée de Celles
1969. Monplaisir... en histoire
1971. Venises
1976. L'Allure de Chanel
1977. Monsieur Dumoulin à l'île de Grenade
2001. Journal inutile

Extraits choisis

La Nuit de Charlottenburg *fait partie du recueil de nouvelles* Fermé la nuit *dans lesquelles Morand fait jouer les derniers feux d'une Europe finissante.*

Le narrateur a fait la connaissance d'Egon von Strachwitz que la guerre a ruiné. Il le retrouve, un soir, dans un lieu de plaisir proche de Berlin et que fréquente cet ancien capitaine de la Garde.

Fermé la nuit

C'ÉTAIT UN TRÈS VIEIL ENDROIT DE PLAISIR, CE QU'AVAIENT DÛ être Tortoni ou le Grand Seize dans leurs derniers beaux jours. Postérieure à eux, invoquant leur influence, *Die Bonbonniere* restait seule aujourd'hui, pour en témoigner. J'admirais les stalactites des lustres, les courtines de soie, les glands, les passementeries sans jeunesse, les écussons brodés aux armes impériales. Au fond de grottes en damas cerise, à grands motifs fruités, refroidissaient les glaces biseautées, les boissons, les diadèmes. Des dames à plumes m'entouraient, très décolletées, avec des ventouses dans le dos, comme de vieux baisers, sollicitant de moi une *galanterie*. Des domestiques vénérables décantaient de chauds bordeaux, encore avec des gestes rituels, mais bousculés, envahis par un public de mecs et de prostituées ; on voyait dans leurs yeux la fin d'un monde.

J'aperçus Egon v. Strachwitz accoudé au marbre. Solitaire, il buvait négligemment par-dessus son épaule, avec une paille.

« Ce bar, ou, ainsi que l'on dit maintenant, ce *kabarett*, est sacrilège, fit-il, mais comme il n'y a pas assez de clients capables de s'offrir un dîner de mille huit cents marks, on l'a établi pour préserver de la tombe le restaurant, et pour permettre à un public de râleux, dont nous sommes, de regarder dîner. Ici, c'est ma jeunesse. Toutes ces taches sur la peluche, des taches de grands-ducs. Le Turc encore assis sur les Balkans, des boyards d'opérette fiers de leurs quatre cents sources dans les Carpates et de qui l'on mettait trois jours à traverser les terres en voiture, des hospodars à bottes molles et glands d'or. J'ai vu Cuno Hohenloe, qui a été tué à la Marne, courir sur le rebord du balcon une flûte de champagne à la main. Moi-même, un soir, je précipitai un social-démocrate dans les nénuphars de zinc de la fontaine lumineuse. Voyez ici ces viveurs en veston : des dentistes américains, des pianistes, des contrebandiers aériens, des avorteurs, et des fils de Judas. Ma parole, il n'y a plus que dans les Cours qu'on rencontre une humanité pareille. Quand l'orchestre joue *Amapa*, on éclaire en bleu. En avant les havanes, en avant le caviar rouge ! Si l'un de ceux-ci s'était jadis risqué (en admettant qu'on l'eût laissé monter)... Voyez ce tapis gras comme un humus chargé de matières organiques, et ces femmes qui rient avec un bruit de carafes qui se vident, et leurs yeux, lourdes eaux naphteuses, et le timbre humide de leurs bouches. Au travers des violons, l'orchestre remue des graines de pavot... Dehors, entendez la basse envie des hauts quartiers, entendez ces continents qui tremblent et que retient à peine le réseau des longitudes et des latitudes... »

Il s'arrêta et se mit à rire.

« Une partie fine avec un réchaud... voilà pour Egon. Les drogues pour faire dormir sont une spécialité pharmaceutique allemande. Mais je compte éblouir mes compagnons de la fosse commune avec un suaire d'une coupe impeccable. »

Ivre de ces contrefaçons romantiques, il tendit son verre vers les pampres illuminés du plafond pour recueillir une vendange électrique, puis le vida.

« Moi, je vais rentrer. Je lis sur votre figure que vous voulez rester pour assister à la *Kokaintanz*. Vous piaffez. Vous risquez un œil derrière les buissons d'écrevisses. Vous vous dites :

Ces nymphes, je les veux perpétuer...

« À votre âge j'avais ce goût pour les apothéoses du corps. Jusqu'au moment où je m'aperçus que j'avais plus de sensualité que de tempérament et plus de dégoût que de sensualité. En amour, je suis pour le baroque, le style jésuite. Malgré mon père, j'ai été élevé à Feldkirch, le grand collège jésuite du Tyrol, et ça n'a pas été perdu. Le monde est resté pour moi une boule d'azur – Jésus-Marie-Joseph – avec, en sautoir, un serpent. D'où mes goûts de collectionneur, peut-être ? Où que je pousse mes incursions, je reviendrai toujours comme un émigrant italien, comme un boomerang, à mon collège. Vous voyez, au fond, un très bon sujet, et non un méphistophélès à barbe aiguë, comme vous semblez le croire. La preuve c'est que je vous emmène hors de ce mauvais lieu. »

Il prit mon bras.

Nous marchâmes quelque temps en silence. Comme nous entrions au jardin, j'obéis à une obligation intérieure. Je pris à témoin des personnages en chemise de nuit, échelonnés tous les vingt mètres, qui tenaient à deux mains des épées de marbre, et que je sus plus tard être les Hohenzollern de la Siegesallee.

« Laissez-moi vous dire, commençai-je, combien je regrette de voir quelqu'un comme vous, Strachwitz, de forte origine, fin, séduisant, s'abandonner aux folies au lieu d'en être le maître, faire abus de son charme, de sa santé, de son intelligence et de sa dignité, satisfait de naïves révoltes et de turbulences primaires... »

Strachwitz alluma un cigare hambourgeois qui répandit une odeur affreuse.

« Ma femme arrive demain, dit-il. Ne vous avais-je pas dit que j'étais remarié ? »

Il ajouta :

« Peut-être coucherez-vous bientôt avec la baronne ? »

Je fis semblant de ne pas entendre.

« Avez-vous des enfants ? demandai-je.

— Les intellectuels n'ont pas d'enfants, monsieur ; les riches non plus. Ce sont les peuples à taudis qui engendrent. Si encore on ne faisait qu'un enfant. Mais avez-vous envie de voir dans cent ans quatre cents Strachwitz ? Dans cent cinquante ans, douze mille ? Dans trois cents ans, quarante-cinq mille ? Tous voleurs, esclaves, ouvriers ? Ou, ce qui est pis, juges, architectes, ambassadeurs ? Il faut bannir ces accès d'impérialisme individuel. Croyez-vous que j'appartienne à l'Allemagne prolifique ? C'est tout juste si je ne me suis pas supprimé moi-même, ce n'est pas pour me perpétuer comme un ivrogne. Il ne sera pas dit que je n'aurai pas modestement contribué à anéantir le monde. »

Une nuit philosophique se reflétait dans le canal de la Koenigin Augusta Strasse, où dormaient des chalands venus de l'Elbe, remplis de briques roses, entre les reflets noyés des tilleuls. Puis tournoyèrent les lumières de notre chemin de fer électrique, couchées sur le gazon, parmi les arbres de Judée.

Paul MORAND, *Fermé la nuit*

Céline
(1894-1961)

Le cavalier de l'Apocalypse

L'origine de beaucoup de pseudonymes d'écrivains nous reste encore obscure : personne ne sait d'où vient le nom de Molière adopté pour monter sur les planches par Jean-Baptiste Poquelin et le choix par Louis Farigoule du nom de Jules Romains n'est pas beaucoup plus clair. Sur ce point au moins, Louis Ferdinand Destouches baigne en pleine lumière : il choisit le nom de Céline, qu'il va traîner dans toutes les boues de la célébrité, parce que c'était le prénom, ou un des prénoms, de sa mère et de sa grand-mère.

Ce qui marque Céline à vingt ans, c'est un mythe grotesque, sordide et menteur, porté aux nues par les imbéciles et les assassins : la guerre. Céline lui-même est blessé et ne se remettra jamais de cette épreuve. Après une thèse bien intéressante sur Semmelweis, un chirurgien hongrois persécuté par ses pairs, son premier roman, et peut-être le plus beau – *Voyage au bout de la nuit* –, sort de l'horreur des bombardements et des corps déchiquetés. Accueilli avec circonspection par une critique désorientée, soutenu avec vigueur par Léon Daudet et par Lucien Descaves, *Voyage au bout de la nuit* manque de peu le Goncourt, qui couronne *Les Loups* de Guy Mazeline.

Le deuxième roman raconte avec rage une enfance hantée par la pauvreté et la médiocrité. Évoquant égouts et vespasiennes, la critique cette fois-ci tire à boulets rouges sur *Mort à crédit*, accusé d'obscénité. « Nous avons manqué le Goncourt, dira Denoël, l'éditeur de Céline, nous ne raterons pas la correctionnelle. » Le souvenir de ces rebuffades ne s'effacera jamais chez Céline. Il sera d'abord, à ses propres yeux, un persécuté et une victime.

Très vite, avec *Bagatelles pour un massacre*, avec *L'École des cadavres*, avec *Les Beaux Draps*, le ressentiment de Céline se tourne, avec une violence inouïe, contre les juifs. Pendant des pages et des pages animées d'un souffle qui ne faiblit jamais, il dénonce le « complot mondio-Lévy-Blum » et, pêle-mêle, le judéo-bolchevisme et le judéo-capitalisme. Il semble que l'antisémitisme soit chez lui comme le signe d'une hostilité générale au monde. Mais il l'entraîne aussi très loin sur le terrain strictement politique : « Je me sens très ami d'Hitler, très ami de tous les Allemands, je trouve que ce sont des frères, qu'ils ont bien raison d'être racistes. Ça me ferait énormément de peine si jamais ils étaient battus. Je trouve que nos vrais ennemis, c'est les juifs et les francs-maçons. »

Il faut lire, dans les *Souvenirs* de Benoist-Méchin, le récit de la soirée chez Otto Abetz, représentant de l'Allemagne nazie à Paris, où Céline, un doigt sur la lèvre supérieure pour figurer la moustache, la mèche rabattue sur le front, se livre, à l'épouvante de son hôte qui se sait entouré de mouchards aux ordres de la Gestapo, à un hallucinant numéro d'imitation de Hitler. La fièvre monte. Le délire s'empare de Céline qui finit par accuser Hitler d'être, lui aussi, comme tous les autres, à la solde des juifs et de les protéger contre les bombardements des alliés en les rassemblant dans des camps loin des villes menacées.

Céline antisémite est soutenu par une langue qui, avec ses inventions, ses obscénités, sa scatologie, peut rappeler de loin celle de Rabelais ou celle de Balzac dans ses *Contes drolatiques* qui sont un pastiche de Rabelais – mais, en vérité, elle ne ressemble à rien d'autre. L'argot y joue un grand rôle, et l'argot, pour Céline, « est un langage de haine ». L'antisémitisme véhiculé par l'argot, c'est de la haine sur la haine.

On a parfois essayé de distinguer dans l'œuvre de Céline les textes engagés et délirants des grands livres du romancier. C'est une approche qui n'a pas beaucoup de sens. Il faut prendre Céline comme un bloc et considérer l'ensemble de ses livres, qui portent d'ailleurs le nom de romans par une sorte d'abus. Les livres de Céline sont bien plutôt des chroniques – des chroniques dévastatrices pleines d'horreur et de catastrophes et où s'écroule tout un monde.

Il y a une tentation de parler de Céline comme d'un anarchiste. D'un anarchiste de droite, évidemment. Il n'est pas sûr que la formule soit très heureuse. Mieux vaudrait peut-être évoquer un moraliste au pessimisme radical. Céline s'intéresse à l'histoire et à la société. Mais, déjà à son époque, il est farouchement hostile à toute forme d'humanisme et d'humanitarisme. Qu'est-ce qu'il dirait aujourd'hui ? Il refuse tout progrès, il refuse tout espoir, il refuse tout bonheur. Il n'y a rien à attendre du présent, et il n'y a rien à attendre de l'avenir. « Celui qui parle de l'avenir, écrit-il, est un coquin. Invoquer la postérité, c'est faire un discours aux asticots. »

Ce que croit Céline, c'est que la nature humaine est irrécupérable. La gauche donne la mesure de sa folie en pensant que l'homme est bon. Les chrétiens sont moins imbéciles parce qu'ils croient au péché originel. Mais ils retombent dans l'insanité parce qu'ils croient aussi à la grâce. Ce qui est le plus étranger à Céline, c'est la grâce. « Le monde n'est, je vous assure, qu'une immense entreprise à se foutre du monde. »

Le refus radical de tout bonheur et de tout espoir en un bonheur à venir pousse irrésistiblement Céline dans un monde d'abjection. Céline est le poète de l'abjection. De l'abjection et de la mort. « La vérité, c'est la mort. C'est même la seule chose qui inspire. » On n'est pas si loin du cri poussé par le général franquiste Milán Astray et qui indignait Unamuno : « *¡ Viva la muerte !* »

Cette fascination de la mort fait de toute l'œuvre de Céline quelque chose qui ressemble à une sorte de suicide. Le remarquable est qu'on ne décèle dans ce goût du suicide et de la mort aucune trace de morosité. Un formidable rire éclate dans toute l'œuvre de Céline. Son rire vaut celui de Rabelais. Ce qui fait que son pessimisme si radical se renverse en un optimisme tragique. « La mort m'habite. Et elle me fait rire. »

« Je ne me réjouis que dans le grotesque, aux confins de la mort. » Cette veine-là s'épanouit dans les grands livres de la fin – *D'un château l'autre* ou *Nord* –, où se développe le « lyrisme de l'ignoble », et qui racontent sa fuite, à travers l'Allemagne en flammes, de Sigmaringen au Danemark en compagnie de Lucette Almanzor sa femme, du chat Bébert, et de l'acteur Le Vigan qui jouait dans *Quai des brumes* le rôle d'un peintre halluciné qui peignait l'autre côté des choses.

Il y avait, chez Céline, un visionnaire et un pamphlétaire, un moraliste et un voyou, un poète et un éboueur. Sartre supposait, bien à tort, que Céline était « payé ». Du coup, dans *L'Agité du bocal*, Céline appelait Sartre « le ténia ». Céline, évidemment, n'était pas payé. C'était un cavalier de l'Apocalypse. Il avait beaucoup souffert : il était passé par « douze métiers, treize misères » et la « vacherie universelle » s'était exercée sur lui. Il était fou et pur. Un mélange explosif.

Les délires de Céline sont inséparables de son style. C'est un style émotif, « au plus sensible des nerfs » et qui n'en finit jamais de passer de la syntaxe à la parataxe, c'est-à-dire de substituer des ruptures aux liaisons traditionnelles. Le souffle célinien est fait d'une alternance entre l'abondance la plus ahurissante et le laconisme. Ce halètement infatigable est jonché de points d'exclamation et de points de suspension.

Céline charrie des torrents de boue, d'insultes, d'ordures et de trouvailles. Mais il ne traîne jamais. Les pronoms, les prépositions sont largués en chemin : « faut », « sont », « virer rouge », « tout écroulera », « elle va bien rire qu'elle a un mari si fainéant ». « Vous écrirez télégraphique ou vous écrirez plus du tout. » Il passe son temps à inventer des mots : « se parafoutre », « prouster », « moustagache », « troutroubadour », « miraginer »... Ce n'est pas lui qui écrirait joli ou peigné.

Sous les coups répétés d'une invention verbale ahurissante, tout « écroule » chez Céline. À côté de lui dont la violence radicale et la puissance vénéneuse se sont encore accrues avec le temps, le surréalisme fait figure d'institution moraliste et conservatrice.

Biographie

27 ***mai*** *1894. Naissance de Louis Ferdinand Auguste Destouches à Courbevoie. Sa grand-mère maternelle, Céline, est sa marraine. Mise en nourrice dès la naissance.*

1904. Apprend le piano et rencontre Simone Saintu.

28 ***décembre*** *1904. Mort de sa grand-mère maternelle, Céline.*

18 ***mai*** *1905. Première communion.*

15 ***juin*** *1907. Obtient le certificat d'études primaires.*

Août *1907. Séjour en Basse-Saxe pour un an.*

Été *1908. Passe les vacances en France.*

Septembre *1908. De nouveau en Allemagne pour quatre mois.*

Février *1909. Dans un collège en Angleterre jusqu'en novembre.*

1er ***janvier*** *1910. En apprentissage aux tissus Raimon.*

1er ***septembre*** *1910. En apprentissage chez Robert, un joaillier.*

1er ***avril*** *1911. Chez le joaillier Wagner.*

5 ***octobre*** *1911. Chez le grand bijoutier Lacloche.*

Décembre *1911. Envoyé à la succursale de Nice.*

28 ***septembre*** *1912. S'engage au 12e régiment de cuirassiers.*

3 ***octobre*** *1912. Avec son régiment à Rambouillet.*

Août *1913. Nommé brigadier.*

Mai *1914. Nommé maréchal des logis.*

Septembre *1914. Découvre la guerre à travers la bataille de la Marne.*

Octobre *1914. En Flandre, à la bataille d'Ypres.*

27 ***octobre*** *1914. Blessé au bras droit.*

24 ***novembre*** *1914. Reçoit la médaille militaire.*

1er ***décembre*** *1914. Transféré au Val-de-Grâce. Y rencontre Albert Milon avec qui il se lie d'amitié.*

19 ***janvier*** *1915. Deuxième intervention chirurgicale.*

Mai *1915. Affecté au consulat général de France à Londres. Découvre le milieu du music-hall et des danseuses qu'il fréquente ainsi que les prostituées.*

Décembre *1915. Réformé, il demeure à Londres.*

19 ***janvier*** *1916. Se marie avec une entraîneuse. Le mariage, non déclaré au consulat, n'est pas enregistré par l'administration française.*

10 ***mai*** *1916. S'embarque pour Douala au Cameroun où il arrive en juin.*

Septembre *1916. Obtient la gérance d'une plantation à Bikomimbo. Correspondance assidue avec Simone Saintu, son amie.*

Avril *1917. Évacué vers la France pour raisons de santé. Sur le bateau du retour il écrit une nouvelle :* Des vagues.

1er ***mai*** *1917. Débarque à Liverpool. Reste à Londres pour un temps.*

***Automne** 1917. Rencontre Raoul Marquis (Henri de Graffigny), secrétaire de rédaction de la revue* Eurêka.

***Février** 1918. Signe la traduction d'un texte dans* Eurêka.

***Mars** 1918. Engagé par la Fondation Rockefeller pour la propagande du traitement prophylactique de la tuberculose. Rencontre le Dr Follet. Se fiance très vite à sa fille Édith.*

***Hiver** 1918. Interrompt sa tournée de propagande pour préparer son bac chez les Follet.*

***Mars** 1919. La famille de Céline fait la demande en mariage officielle.*

*2 **avril** 1919. Succès à la première partie du baccalauréat.*

***Mai** 1919. Reprend ses fonctions à la Fondation Rockefeller.*

*2 **juillet** 1919. Succès à la seconde partie du baccalauréat.*

*19 **août** 1919. Épouse Édith Follet. Tous deux s'installent à Rennes.*

***Novembre** 1919. S'inscrit à la faculté de sciences en vue du* PCN.

***Mars** 1920. Obtient le* PCN. *S'inscrit en médecine.*

*15 **juin** 1920. Naissance de sa fille, Colette.*

***Avril** 1921. Reçu au premier examen de médecine.*

***Juillet** 1921. Reçu au deuxième examen de médecine.*

***Octobre** 1922. Poursuit ses études à Paris.*

*16 **novembre** 1922. Reçu au troisième examen.*

***Janvier** 1923. Stage de chirurgie à Cochin auprès du professeur Delbet.*

***Avril** 1923. Reçu au quatrième examen.*

***Mai** 1923. Réussit à l'examen de clinique interne.*

***Juin-août** 1923. Remplace le Dr Porée à Rennes. Examens de clinique externe et obstétricale.*

***Novembre** 1923. Fréquente l'Institut Pasteur pour un temps.*

*1er **mai** 1924. Soutient sa thèse (« La vie et l'œuvre de Philippe Ignace Semmelweis ») : mention très bien.*

***Juin** 1924. Réussit au concours de médecine sanitaire maritime. Est embauché par la Fondation Rockefeller, il part pour Genève, concrétisant une séparation avec Édith, sa femme.*

***Février** 1925. Part pour les États-Unis en mission. Découvre New York et Washington.*

***Mars** 1925. À Cuba puis en Louisiane.*

***Mai** 1925. Visite les usines Ford à Detroit. Se rend au Canada (Ottawa, Toronto, Montréal, Québec).*

***Juin** 1925. Avec ses confrères de la mission en Angleterre puis en Hollande et en Belgique.*

***Juillet** 1925. En Suisse (Genève, Berne, Bâle) puis en France et en Italie.*

***Mars** 1926. Sa femme entame une procédure de divorce.*

*14 **mars** 1926. Part pour Dakar en mission. Il doit guider un groupe de médecins à travers l'Afrique occidentale (Sénégal, Soudan, Guinée, Côte-d'Ivoire, Togo, Nigeria, Sierra Leone...).*

21 ***juin*** *1926. Le divorce est prononcé à ses torts.*
Fin *1926. Liaison avec Élisabeth Craig à Genève.*
Novembre *1927. Ouvre un cabinet médical à Clichy.*
1928. Fréquente le service du professeur Léon Bernard. Y rencontre Robert Debré. Collabore au laboratoire pharmaceutique La Biothérapie.
1929. Vacataire au dispensaire municipal de Clichy. Rencontre Joseph Garcin, proxénète à Londres et à Montmartre.
Novembre *1929. Rencontre Henri Mahé, jeune peintre vivant sur une péniche que Céline fréquente avec assiduité.*
1930. Entre au laboratoire Gallier où il mettra au point la Basedowine.
14 ***mars*** *1932. Mort de son père.*
Avril *1932.* Voyage au bout de la nuit *est donné à la* NRF *sans succès. Un jeune éditeur, Robert Denoël, accepte le manuscrit. Élisabeth part pour les États-Unis. Céline accueille chez lui Erika Irrgang, une jeune Allemande.*
Septembre *1932. Rencontre N***, jeune Autrichienne, qui passe deux semaines avec lui.*
Octobre *1932. Georges Altman écrit un long article sur* Voyage au bout de la nuit.
Décembre *1932. Obtient le prix Renaudot. Dernier voyage d'étude pour la SDN. Le 25, il retrouve Erika Irrgang à Breslau. Le 28, il rejoint N*** à Vienne. Il rencontre le Dr Anny Angel.*
Février *1933. Retour d'Élisabeth. Rencontre Élisabeth (Lucie) Porquerol avec qui il restera ami deux ans. Début de sa correspondance avec Evelyne Pollet d'Anvers.*
Mars *1933. Rencontre Élie Faure avec qui il échangera une correspondance importante.*
Avril *1933. Rencontre Eugène Dabit.*
Mai *1933. Rencontre Évelyne Pollet.*
Juin *1933. Élisabeth part pour un bref séjour aux États-Unis : elle ne reviendra plus. Céline retrouve N*** et le Dr Anny Angel à Vienne. À Prague, rencontre la psychanalyste Annie Reich.*
1er ***octobre*** *1933. Prononce un « Hommage à Zola » qui fait grand bruit.*
19 ***octobre*** *1933. Assiste à une exécution capitale.*
Juin *1934. Se rend à New York puis à Los Angeles où ses retrouvailles avec Élisabeth Craig se passent mal.*
Août *1934. Sur le bateau du retour, rencontre Louise Nevelson, une sculptrice.*
Décembre *1934. Retrouve Évelyne Pollet à Anvers.*
Février *1935. Retrouve N*** en Autriche.*
Mars *1935. Rejoint Évelyne Pollet à Anvers.*
Mai *1935. Déclare à la pianiste Lucienne Delforge son admiration.*

Juillet** 1935. Voyage avec Lucienne Delforge. Ils rencontrent N à Salzbourg. Il interrompt brutalement son voyage le 2 août.*

***Novembre** 1935. Revoit Lucienne Delforge lors d'un concert à Londres. Rencontre Jean Cive, homme du milieu que lui présente Mahé. Fait la connaissance de Lucette Almanzor.*

***Février** 1936. Dernières entrevues avec Lucienne Delforge.*

***Mai** 1936. À Anvers chez Évelyne Pollet. Puis en Angleterre où il revoit Erika Irrgang.*

***Été** 1936. En URSS.*

***Février** 1937. Séjour à New York.*

***Mai** 1937. Vit avec Lucette Almanzor.*

***Décembre** 1937. Démissionne du dispensaire de Clichy et des laboratoires La Biothérapie.*

***Janvier** 1938. Séjourne chez Évelyne Pollet à Anvers.*

*21 **février** 1939. Dernière lettre à N*** dont le mari, juif, vient de mourir à Dachau et qui doit émigrer hors d'Europe.*

***Mars** 1939. Début du procès intenté par le Dr Rouquès à Céline.*

***Juin** 1939. Céline et Denoël sont condamnés en diffamation contre le Dr Rouquès.*

***Juillet** 1939. Lucien Sampaix accuse Céline, sans le nommer, d'avoir donné à Darquier de Pellepoix un « plan d'action antisémite ». Céline répondra à travers des articles dans* Je suis partout *et* Le Droit de vivre *(organe de la LICA).*

***Automne** 1939. Travaille au dispensaire de Sartrouville.*

***Décembre** 1939. S'engage comme médecin sur un paquebot réquisitionné pour les transports militaires.*

*5 **janvier** 1940. Le* Chella, *sur lequel Céline est affecté, aborde un navire anglais rempli d'explosifs qui périt corps et biens. C'est la fin du contrat de Céline avec la compagnie Paquet.*

***Décembre** 1940. Au dispensaire de Bezons.*

***Février** 1941. Lors de la parution des* Beaux Draps *commence à envoyer ses « lettres » à la presse collaborationniste :* Au pilori, Je suis partout, La Gerbe, L'Appel, L'Émancipation nationale.

***Mai** 1941. À l'inauguration de l'Institut d'études des questions juives.*

***Juillet** 1941. Voit Évelyne Pollet à Anvers.*

***Décembre** 1941. Prône le parti unique et la réunion des personnalités antijuives de Paris.*

1941. Rencontre Arletty.

*1er **février** 1942. Assiste à un meeting tenu par Doriot au Vél' d'Hiv.*

***Décembre** 1942. Lucette et Céline adoptent le chat Bébert.*

***Février** 1943. Épouse Lucette Almanzor.*

***Juin** 1944. Le couple quitte la France. À Baden-Baden, leurs papiers* *sont confisqués. Ils y retrouvent Le Vigan qui a fui lui aussi. Ils seront tous installés à « Zornhof ».*

Novembre 1944. *Ils arrivent à Sigmaringen où se trouvent Pétain et les ministres de Vichy. Brouille avec Le Vigan.*

6 **mars** 1945. *Mort de sa mère.*

27 **mars** 1945. *Céline, Lucette et Bébert arrivent à Copenhague. Il y apprend la mort de sa mère.*

Avril 1945. *Un mandat d'arrêt pour trahison est lancé contre Céline.*

Mai 1945. *Rencontre Me Mikkelsen, un avocat.*

2 **décembre** 1945. *Assassinat de Robert Denoël.*

17 **décembre** 1945. *Arrestation de Céline à Copenhague. Restera quatorze mois en prison à Copenhague.*

Novembre 1946. *Le Vigan est condamné à dix ans de travaux forcés et à l'indignité nationale.*

Février 1947. *Admis à l'hôpital de Copenhague.*

Mars 1947. *Première lettre à Milton Hindus.*

Juin 1947. *Début de sa correspondance avec Albert Paraz.*

Octobre 1947. *Apprend par Paraz que, en décembre 1945, Sartre a écrit que Céline avait été payé par les Allemands. Il décide de lui répondre.*

30 **avril** 1948. *La société Denoël est acquittée.*

Juillet-août 1948. *Milton Hindus, universitaire juif américain, en visite chez Céline. Les deux hommes se déçoivent mutuellement.*

Février 1950. *Début de son procès pour actes de nature à nuire à la défense nationale. Ses avocats sont Mes Naud et Tixier-Vignancour. Il est condamné à un an de prison, à cinquante mille francs d'amende et à l'indignité nationale ainsi qu'à la confiscation de la moitié de ses biens présents et à venir.*

Mai 1950. *Lucette est hospitalisée à Copenhague.*

6 **mars** 1951. *Visite de Me Tixier-Vignancour à Céline. Visite de Marcel Aymé.*

20 **avril** 1951. *Le tribunal militaire de Paris fait bénéficier Céline d'une ordonnance d'amnistie pour les blessés de guerre.*

Juillet 1951. *Lucette, Céline et Bébert rentrent en France. Céline signe un contrat d'édition avec Gallimard.*

Septembre 1951. *Ernst Jünger publie son* Journal de guerre *dans lequel il prête à Céline des propos fortement antisémites. Céline porte plainte pour diffamation. Il s'installe à Meudon.*

1952. *Mort du chat Bébert.*

1953. *Parution d'une interview de Céline dans* La Parisienne.

Mars 1956. *Enregistre ses deux chansons avec des lectures d'Arletty et de Michel Simon.*

14 **juin** 1957. L'Express *publie une interview de Céline qui provoque quelques remous.*

17 juillet 1957. *Interviewé par Pierre Dumayet.*

2 septembre 1957. *Mort d'Albert Paraz.*

Octobre 1957. *Enregistre un disque : « Louis-Ferdinand Céline vous parle », avec des lectures d'Arletty et de Pierre Brasseur.*

19 juin 1959. En français dans le texte, *émission de télévision enregistrée chez Céline et interdite d'antenne.*

1960. *Jean Guénot et Jacques Darribehaude enregistrent de longs entretiens.*

Mai 1960. *Correspondance avec Claude Autant-Lara.*

1er juillet 1961. *Mort de Céline.*

Œuvres

1925. La Quinine en thérapeutique
1932. Voyage au bout de la nuit
1933. L'Église *(théâtre)*
1936. Mort à crédit
À nœud coulant *(chanson, musique de Jean Noceti)*
Mea culpa *suivi de* La Vie et l'Œuvre de Semmelweis
1937. Bagatelles pour un massacre
Règlement *(chanson)*
1938. L'École des cadavres
1941. Les Beaux Draps
1942. L'École des cadavres *(nouvelle édition)*
Mort à crédit *(édition illustrée par Gen Paul)*
Voyage au bout de la nuit *(édition illustrée par Gen Paul)*
1943. Bagatelles pour un massacre *(nouvelle édition)*
1944. Guignol's Band I
1948. Gala des vaches *suivi de* L'Agité du bocal
1949. Foudres et flèches
Casse-pipe
1950. Scandale aux abysses
1954. Féerie pour une autre fois
1955. Entretiens avec le professeur Y.
1957. D'un château l'autre
1958. Entretiens familiers avec Louis-Ferdinand Céline *de Robert Poulet*
1959. Ballets sans musique, sans paroles, sans rien
1960. Nord

Extraits choisis

Place Clichy. Arthur Ganate et Ferdinand Bardamu, carabins d'une vingtaine d'années, discutent dans un café. C'est de là qu'ils voient passer un régiment mené par un colonel gaillard. Bardamu, enthousiaste, part aussitôt s'engager dans l'armée, sur un coup de tête.

Il déchante rapidement : la guerre n'est que désorganisation à laquelle lui ne comprend rien d'autre que la peur, sa peur. Un jour, il se retrouve avec le colonel sur une route. Un peu plus loin, deux Allemands tirent vers eux tandis que son supérieur lit des messages, indifférent au danger.

Voyage au bout de la nuit

Je n'avais que vingt ans d'âge à ce moment-là. Fermes désertes au loin, des églises vides et ouvertes, comme si les paysans étaient partis de ces hameaux pour la journée, tous, pour une fête à l'autre bout du canton, et qu'ils nous eussent laissé en confiance tout ce qu'ils possédaient, leur campagne, les charrettes, brancards en l'air, leurs champs, leurs enclos, la route, les arbres et même les vaches, un chien avec sa chaîne, tout quoi. Pour qu'on se trouve bien tranquilles à faire ce qu'on voudrait pendant leur absence. Ça avait l'air gentil de leur part. « Tout de même, s'ils n'étaient pas ailleurs ! – que je me disais – s'il y avait encore eu du monde par ici, on ne se serait sûrement pas conduits de cette ignoble façon ! Aussi mal ! On aurait pas osé devant eux ! Mais, il n'y avait plus personne pour nous surveiller ! Plus que nous, comme des mariés qui font des cochonneries quand tout le monde est parti. »

Je me pensais aussi (derrière un arbre) que j'aurais bien voulu le voir ici moi, le Déroulède dont on m'avait tant parlé, m'expliquer comment qu'il faisait, lui, quand il prenait une balle en plein bidon.

Ces Allemands accroupis sur la route, têtus et tirailleurs, tiraient mal, mais ils semblaient avoir des balles à en revendre, des pleins magasins sans doute. La guerre décidément, n'était pas terminée ! Notre colonel, il faut dire ce qui est, manifestait une bravoure stupéfiante ! Il se promenait au beau milieu de la chaussée et puis de long en large parmi les trajectoires aussi simplement que s'il avait attendu un ami sur le quai de la gare, un peu impatient seulement.

Moi d'abord la campagne, faut que je le dise tout de suite, j'ai jamais pu la sentir, je l'ai toujours trouvée triste, avec ses bourbiers qui n'en finissent pas, ses maisons où les gens n'y sont jamais et ses chemins qui ne vont nulle part. Mais quand on y ajoute la guerre en plus, c'est à pas y tenir. Le vent s'était levé, brutal, de chaque côté des talus, les peupliers mêlaient leurs rafales de feuilles aux petits bruits secs qui venaient de là-bas sur nous. Ces soldats inconnus nous rataient sans cesse, mais tout en nous entourant de mille morts, on s'en trouvait comme habillés. Je n'osais plus remuer.

Le colonel, c'était donc un monstre ! À présent, j'en étais assuré, pire qu'un chien, il n'imaginait pas son trépas ! Je conçus en même temps qu'il devait y en avoir beaucoup des comme lui dans notre armée, des braves, et puis tout autant sans doute dans l'armée d'en face. Qui savait combien ? Un, deux, plusieurs millions peut-être en tout ? Dès lors ma frousse devint panique. Avec des êtres semblables, cette imbécillité infernale pouvait continuer indéfiniment... Pourquoi s'arrêteraient-ils ? Jamais je n'avais senti plus implacable la sentence des hommes et des choses.

Serais-je donc le seul lâche sur la terre ? pensais-je. Et avec quel effroi !... Perdu parmi deux millions de fous héroïques et déchaînés et armés jusqu'aux cheveux ? Avec casques, sans casques, sans chevaux, sur motos, hurlants, en autos, sifflants, tirailleurs, comploteurs, volants, à genoux, creusant, se défilant, caracolant dans les sentiers, pétaradant, enfermés sur la terre, comme dans un cabanon, pour y tout détruire, Allemagne, France et Continents, tout ce qui respire, détruire, plus enragés que les chiens, adorant leur rage (ce que les chiens ne font pas), cent, mille fois plus enragés que mille chiens et tellement plus vicieux ! Nous étions jolis ! Décidément, je le concevais, je m'étais embarqué dans une croisade apocalyptique.

On est puceau de l'Horreur comme on l'est de la volupté. Comment aurais-je pu me douter moi de cette horreur en quittant la place Clichy ? Qui aurait pu prévoir avant d'entrer vraiment dans la guerre, tout ce que contenait la sale âme héroïque et fainéante des hommes ? À présent, j'étais pris dans cette fuite en masse, vers le meurtre en commun, vers le feu... Ça venait des profondeurs et c'était arrivé.

Le colonel ne bronchait toujours pas, je le regardais recevoir, sur le talus, des petites lettres du général qu'il déchirait ensuite menu, les ayant lues sans hâte, entre les balles. Dans aucune d'elles, il n'y avait donc l'ordre d'arrêter net cette abomination ? On ne lui disait donc pas d'en haut qu'il y avait méprise ? Abominable erreur ? Maldonne ? Qu'on s'était trompé ? Que c'était des manœuvres pour rire qu'on avait voulu faire, et pas des assassinats ! Mais non ! « Continuez, colonel, vous êtes dans la bonne voie ! » Voilà sans doute ce que lui écrivait le général des Entrayes, de la division, notre chef à tous, dont il recevait une enveloppe chaque cinq minutes, par un agent de la liaison, que la peur rendait chaque fois un peu plus vert et foireux. J'en aurais fait mon frère peureux de ce garçon-là ! Mais on n'avait pas le temps de fraterniser non plus.

Donc pas d'erreur ? Ce qu'on faisait à se tirer dessus, comme ça, sans même se voir, n'était pas défendu ! Cela faisait partie des choses qu'on peut faire sans mériter une bonne engueulade. C'était même reconnu, encouragé sans doute par les gens sérieux, comme le tirage au sort, les fiançailles, la chasse à courre !... Rien à dire. Je venais de découvrir d'un coup la guerre tout entière. J'étais dépucelé. Faut être à peu près seul devant elle comme je l'étais à ce moment-là pour bien la voir la vache, en face et de profil. On venait d'allumer la guerre entre nous et ceux d'en face, et à présent ça brûlait ! Comme le courant entre les deux charbons, dans la lampe à arc. Et il n'était pas près de s'éteindre le charbon ! On y passerait tous, le colonel comme les autres, tout mariole qu'il semblait être et sa carne ne ferait pas plus de rôti que la mienne quand le courant d'en face lui passerait entre les deux épaules.

Il y a bien des façons d'être condamné à mort. Ah ! combien n'aurais-je pas donné à ce moment-là pour être en prison au lieu d'être ici, moi crétin ! Pour avoir par exemple, quand c'était si facile, prévoyant, volé quelque chose, quelque part, quand il en était temps encore. On ne pense à rien ! De la prison, on en sort vivant, pas de la guerre. Tout le reste, c'est des mots.

Louis-Ferdinand CÉLINE, *Voyage au bout de la nuit*

Giono

(1895-1970)

De Virgile à Stendhal, le voyageur immobile

Piémontais de Provence, « voyageur immobile », aventurier par imagination, guerrier contre la guerre, Giono laisse dans notre littérature l'exemple d'un homme qui, au milieu du chemin de la vie, a changé de style comme on change de cheval. Et qui, dans un genre comme dans l'autre, a écrit des chefs-d'œuvre.

Né à Manosque, mort à Manosque, Giono était fils unique. On voit bien avec lui comment se tricote une vie mêlée sans le vouloir aux fureurs de l'histoire. Cordonnier, anarchiste, grand lecteur de la Bible, son père était fils d'un Piémontais venu en France vers les débuts de la révolution de Juillet pour s'engager dans la Légion étrangère. Fille d'un clairon qui avait épousé une Picarde, sa mère était provençale, repasseuse et catholique. Il mène, sans bouger de Manosque, l'existence la plus simple, la moins peuplée d'événements : il passe près de vingt ans à gravir marche après marche tous les échelons de l'agence locale du Comptoir national d'escompte où il est entré, à seize ans, comme garçon de courses, sans achever ses études, pour aider sa famille. C'est une vie sans histoires. Les histoires sont dans la tête et dans le cœur du jeune homme.

Élève plutôt médiocre, Jean Giono, comme son père, est un grand lecteur. Honneur aux livres ! Autant que son père, Jean Giono est fils d'Homère. Très vite, en dépit de sa mère qui y est si attachée, il perd la foi catholique. Il est un païen des anciens temps. Dans les collines de Provence, il sera notre Homère et il sera notre Virgile.

Virgile a dix-neuf ans et il n'a pas bougé de Manosque

quand une foudre venue d'ailleurs tombe sur ses rêves sans aventures. Pour des raisons lointaines et obscures – le nationalisme serbe, l'assassinat d'un archiduc, les ambitions d'un empereur, la ligne bleue des Vosges –, la guerre éclate en 1914. Giono est mobilisé. On l'arrache à Manosque, on l'envoie à Verdun et au Chemin des Dames. C'est une horreur sans nom. Après son ami le plus intime, beaucoup de ses camarades sont tués autour de lui. Son grand-père maternel était clairon de la garde impériale, son grand-père paternel avait quitté le Piémont pour entrer dans l'armée française : l'hérédité aurait pu le pousser dans la voie de l'héroïsme. Le deuxième classe Giono bascule dans un mépris et une haine pour la guerre qui ne cesseront jamais de l'habiter et qui commanderont tout un pan de sa vie et de son œuvre. Dès les débuts dans l'existence il y a Manosque, la Provence, les troupeaux et les bergers, le souvenir des grands Anciens, les soirs sur la montagne – et l'horreur de la guerre.

La paix revenue, le père mort, Jean Giono construit sa vie. Il épouse Élise Maurin, de Manosque comme lui, qui lui donne deux filles : Aline et Sylvie. Et il écrit des poèmes – *Accompagnés de la flûte* – et surtout des romans. La première chose qui frappe, c'est la splendeur de leurs titres : *Le Grand Troupeau*, *Le Chant du monde*, *Que ma joie demeure*... *Le Chant du monde* est un des plus beaux titres de notre littérature. Tout écrivain voudrait l'avoir trouvé.

Les choses pourtant ne vont pas d'elles-mêmes pour Giono qu'à ses débuts au moins aucun prix littéraire de premier plan – ni le Goncourt, ni l'Académie française, ni le Renaudot, ni l'Interallié, ni le Femina : quelle chance pour lui ! – ne viendra couronner. Son premier ouvrage en prose, *Naissance de l'Odyssée*, est d'abord refusé par les éditeurs. Avec *Colline*, avec *Un de Baumugnes*, avec *Regain*, il devient le romancier d'une Provence rude et austère, plus imaginaire que réelle, très éloignée de son image coutumière, touristique et riante. *Le Grand Troupeau* et *Le Chant du monde* font passer le souffle de la nature et des nuits étoilées sur notre littérature. Plus peut-être qu'en France même, sa réputation commence à s'étendre à l'Angleterre et à l'Amérique. Bientôt, Malraux pourra affirmer : « Pour moi, les trois meilleurs écrivains de cette génération sont Montherlant, Bernanos et Giono. »

Quinze ans après la fin de la Grande Guerre, qui devait être la dernière, Giono sent monter au loin la menace de nouveaux périls. Quels périls ? Le règne de la technique et de l'industrie, la fin de la campagne, des paysans et de la nature, et surtout, de nouveau, le spectre de la guerre. Giono, avant la lettre, est un écologiste, et c'est un pacifiste. Il se rapproche des communistes. Pour les quitter presque aussitôt. Ils ne lui pardonneront jamais ce qu'ils considèrent comme une trahison. *Que ma joie demeure* et *Batailles dans la montagne* sont encore des romans du grand air, balayés par le vent d'une épopée immémoriale, et déjà des œuvres engagées, sinon contre la violence, du moins contre la guerre : engagées contre l'engagement. Au Contadour, en Haute-Provence, se réunissent autour de lui des pacifistes, des antimilitaristes, des écologistes, des révoltés qui veulent revenir aux valeurs traditionnelles menacées par la marche de l'histoire et par le progrès technique. Deux séries d'événements indépendants les uns des autres vont se produire simultanément et bouleverser en même temps son existence et son œuvre.

La première révolution est intérieure, et elle relève de la littérature. Pour dire les choses un peu vite, il s'éloigne de Virgile et se rapproche de Stendhal. Il s'éloigne de l'épopée, du lyrisme, des grands espaces. Il découvre la litote, la brièveté, la vitesse. Il échange le goût de la description contre un rythme plus rapide. Et les paysages contre les sensations. Il resserre son style. Il le modifie du tout au tout. Un second Giono succède au premier et, par une sorte de miracle peut-être unique dans nos lettres, les deux Giono successifs seront, avec un même succès, très différents l'un de l'autre.

La deuxième catastrophe, au sens classique du mot, qui signifie crise ou révolution, comme au sens courant, c'est la guerre, prévue et annoncée et dénoncée par Giono. Pour la seconde fois, il quitte Manosque. Deux ans avant la guerre, après un essai intitulé : *Les Vraies Richesses*, il avait écrit un texte au titre assez explicite : *Refus d'obéissance*. Il est arrêté et incarcéré à Marseille.

Libéré sur l'insistance de Gide qui intervient auprès de Daladier, il achève un beau roman : *Deux Cavaliers de l'orage*. Le roman est publié en feuilleton dans un journal franchement collaborateur : *La Gerbe*. Quand la Libération arrive, il est arrêté une seconde fois, à l'instigation des communistes dont la rancune ne désarme pas. Il est libéré à nouveau, il figure sur la liste noire du CNE – le Comité national des écrivains. Et il est interdit de publication pour trois années.

C'est un autre Giono qui reparaît au terme d'un long silence. Et comme forgé au feu de l'histoire et de l'adversité. Le Giono stendhalien d'*Angelo*, du *Hussard sur le toit* – porté à l'écran par Rappeneau, avec Juliette Binoche –, du *Bonheur fou*. Le Giono sombre et psychologue d'*Un roi sans divertissement*, des *Âmes fortes*, des *Grands Chemins*, du *Moulin de Pologne*. Le romancier épique des montagnes de Provence s'est renouvelé et a changé. Il ne peint plus des paysages de montagnes ni les grands troupeaux en train de descendre vers la plaine : il peint des âmes, des caractères, les passions obscures des hommes. Le monde est plus dur que jamais. Le Midi lui-même est très noir.

Le succès revient très vite, avec éclat, et la gloire. Le reclus du *Paraïs*, dans les collines de Manosque, se met à voyager – au moins autour de la Provence : en Italie, en Écosse, en Espagne. Le Giono nouveau ouvre des pistes inédites et s'intéresse à la fois au monde autour de lui, à la chronique judiciaire et à l'histoire du passé : *Voyage en Italie*, *Notes sur l'affaire Dominici*, *Le Désastre de Pavie*. Il est élu au Goncourt.

Il monte régulièrement de Manosque à Paris pour les délibérations du jury. On raconte qu'avant de se rendre chez Drouant il passe rue Sébastien-Bottin où Gaston Gallimard lui brosse un tableau succinct de la situation et lui indique avec simplicité pour qui il convient de voter. Ce sont des choses qu'on ne verrait plus aujourd'hui : le Goncourt est passé sous le contrôle de Grasset.

D'Ennemonde à *L'Iris de Suse*, encore quelques romans pour montrer que le fils du cordonnier anarchiste, l'ermite de Manosque, l'objecteur de conscience, le défenseur des déserteurs n'a pas perdu la main. Et pour convaincre le siècle, auquel il ne s'est mêlé que pour le combattre, qu'on peut écrire des chefs-d'œuvre de plusieurs façons différentes, mais toujours sans Paris, sans surréalisme et sans existentialisme, sans marxisme ni psychanalyse, sans chapelles ni intrigues, avec, pour seules armes, de la simplicité, du courage, le commerce des classiques, des convictions sans faille et un immense talent. Le tout fait de Giono un paradoxe, un apax, une exception dans notre cortège, un homme qui a deux visages, deux manières, deux styles et qui colle pourtant à lui-même avec une puissante cohérence, un révolté attaché aux traditions du passé et un des très grands écrivains d'un temps qu'il n'a cessé de dénoncer.

Biographie

30 mars 1895. Naissance de Jean-Ferdinand Giono à Manosque.

1900-1910. Entre à l'école Saint-Charles puis au collège de Manosque où il se lie avec Louis David et Henri Fluchère. Lit la Bible avec son père.

1910. Écrit Apporte Babeau.

28 octobre 1911. Les maigres ressources de la famille l'obligent à quitter le lycée.

1911-1912. Découvre la Provence et les auteurs grecs.

1914. Rencontre Élise Maurin.

Janvier 1915. Incorporé au 159e RIA à Briançon qui deviendra le 6e régiment.

Février 1915. Avec son régiment en renfort à Verdun.

1916. Participe aux attaques près de Soissons, route de Maubeuge...

Avril 1917. Participe aux combats du Chemin des Dames. Puis il passe aux transmissions où il rencontre Michel Kossiakoff.

Vers 1918. Premier séjour à Paris.

Mai 1918. Giono est gazé : ses paupières sont brûlées.

Juillet 1918. Bataille de Reims.

11 novembre 1918. À Manosque en permission au moment de l'armistice.

Octobre 1919. Démobilisé. Son poste à la banque est occupé. Il est envoyé à l'agence de Marseille.

Vers 1920. Sur les ruines du village de Redortiers dont le dernier habitant, le berger Antoine Laugier, est mort en 1918.

Avril 1920. Retrouve sa place à Manosque.

26 avril 1920. Mort de son père.

22 juin 1920. Épouse Élise Maurin.

1921-1923. Publie des poèmes dans La Criée, *revue marseillaise dirigée par Léon Franc. Il y rencontre Lucien Jacques dont l'amitié ne se démentira pas.*

Vers 1924. Découvre les œuvres de Brueghel. Achète ses premiers disques et s'ouvre à la musique : Mozart, Chopin, Liszt, Beethoven et Bach. Lucien Jacques lui fait découvrir Walt Whitman.

Février 1924. Lors d'une visite à Giono, Lucien Jacques dessine son portrait.

Juillet 1925. Vacances en Suisse avec Élise.

25 octobre 1926. Naissance de sa fille Aline.

Novembre 1926. Remet quelques chapitres de Naissance de l'Odyssée *à M. Autin chez Grasset.*

*1927. Lit Dostoïevski (*L'Idiot *et* Les Frères Karamazov*).*

1928. Avec Lucien Jacques au château de M. et Mme Fitch à Pradines.

11 janvier 1928. Grasset ne se décide pas à publier Naissance de l'Odyssée *mais demande une autre œuvre à Giono qui envoie le début de* Colline.

***Printemps* 1928.** *Change de banque car sa succursale est supprimée et il refuse Antibes.*

5 *mai* 1928. *Guéhenno annonce à Giono la parution de* Colline *chez Grasset.*

3 *février* 1929. *Premier séjour à Paris. Se lie avec Louis Brun. Rencontre André Gide, Léon-Paul Fargue et Sylvia Beach.*

***Mai* 1929.** *Reçoit le prix Brentano pour* Colline.

***Juillet* 1929.** *Visite de Gide à Manosque.*

***Septembre* 1929.** *Visite d'Adrienne Monnier et de Sylvia Beach à Manosque.*

***Octobre* 1929.** *Séjour parisien.*

***Décembre* 1929.** *Sa banque est en liquidation judiciaire. Décide de vivre de sa plume. Début de sa collaboration à* L'Intransigeant.

1930. *Se lie avec Jacques Thévenet.*

***Octobre* 1930.** *Rencontre le peintre Eugène Martel.*

***Novembre* 1930.** *Contrat avec Gallimard : se partage désormais entre cet éditeur et Grasset. Reçoit le prix Northcliffe pour* Regain.

***Février* 1931.** *Série de conférences en Allemagne.*

***Été* 1931.** *Première visite d'Eugène Dabit à Manosque.*

1932. *Rencontre Michel Saint-Denis. Voyage en Suisse avec Constant Rey-Millet : y rencontre Ramuz. Début de sa collaboration à* Marianne.

9 *juillet* 1932. *Chevalier de la Légion d'honneur.*

30 *septembre* 1932. *Représentation de* Lanceurs de graines.

1934. *Pagnol adapte* Un de Baumugnes (Angèle) *au cinéma et* Jofroi de la Maussan (Jofroi). *Rencontre Yves Farge.*

***Février* 1934.** *Adhère à l'Association des écrivains et artistes révolutionnaires.*

11 *août* 1934. *Naissance de sa fille Sylvie.*

1er *septembre* 1935. *Organise une randonnée dans la montagne de Lure qui réunit cinquante personnes. Une blessure de Giono les contraint à demeurer au Contadour où se constitue un groupe, les Contadouriens, qui se réunira souvent là.*

***Novembre* 1935.** *Collabore au nouvel hebdomadaire antifasciste* Vendredi.

1936. *Dernière rencontre avec Dabit à Manosque. La deuxième réunion du Contadour engendre* Les Cahiers du Contadour.

1937. *Pagnol tourne* Regain *avec Fernandel. Rencontre Josipovici.*

***Juin* 1937.** *Demande à Léon Blum une pension pour Martel qui vit sans ressources.*

***Décembre* 1937.** *Rupture avec Guéhenno et* Vendredi.

1938. Adhère à la Fédération internationale de l'art révolutionnaire indépendant.

***Avril** 1938. Présente l'exposition de Lucien Jacques à Aix-en-Provence.*

***Août** 1938. Premier des* Messages *de Giono que Grasset publiera.*

***Septembre** 1938. Alain, Victor Margueritte, Georges Pioch et Giono demandent dans une lettre à Daladier qu'il sauve la paix coûte que coûte.*

1939. Mort de Louis Brun.

***Septembre** 1939. Rédige le tract* Ne frappe pas, écoute.

*5 **septembre** 1939. Mobilisé à Digne.*

*16 **septembre** 1939. Arrêté et emprisonné au fort Saint-Nicolas à Marseille. Remous parmi les intellectuels.*

***Novembre** 1939. Libéré et dispensé d'obligation de service. Renonce à toute action politique.*

***Janvier** 1940. À Paris.*

1941. Achète une ferme près de Céreste et une autre à Mane.

*30 **mai** 1941. Alain Cuny donne* Le Bout de la route *aux Noctambules.*

***Décembre** 1942. Se rend à Paris.*

***Janvier** 1943. Un reportage sur lui paraît dans* Signal *(périodique allemand) sans une ligne de Giono : il est menacé par un résistant.*

*24 **décembre** 1943.* Le Voyage en calèche *au théâtre des Ambassadeurs est interdit par les Allemands.*

***Août** 1944. Arrêté après le débarquement allié, il est interné au camp de Saint-Vincent-les-Forts.*

***Septembre** 1944. Inscrit sur la liste noire du Comité national des écrivains.*

***Mars** 1945. Giono est libéré. Séjourne à Marseille.*

1946. Lit ses contemporains américains, notamment Faulkner.

*17 **janvier** 1946. Mort de sa mère.*

***Juin** 1949. Dernière rencontre avec André Gide.*

***Octobre** 1950. Début de sa collaboration à* Combat.

1951. Se lie avec Bernard Buffet qui fera son portrait.

***Septembre-octobre** 1951. Voyage en Italie (Turin, Milan, Brescia, Vérone, Venise, Padoue, Bologne, Florence).*

1952. Voyage en Angleterre et en Écosse avec sa fille Aline.

***Février** 1953. Adaptation radiophonique du* Hussard sur le toit *avec Gérard Philipe et Jeanne Moreau.*

1953. Diffusion à la radio de quinze entretiens avec Jean et Taos Amrouche.

***Avril** 1953. Reçoit le Grand prix de Monaco pour l'ensemble de son œuvre.*

***Septembre** 1953. Voyage en Italie avec Jacques Thévenet.*

***Août** 1954. Nouveau voyage en Italie, se rend pour la première fois à Rome.*

***Novembre** 1954. Assiste au procès Dominici.*

*6 **décembre** 1954. Élu à l'Académie Goncourt.*

1955. Diffusion à la radio d'entretiens avec Taos Amrouche.

Été 1957. *Voyage en Italie.*

1958. *François Villiers réalise* L'Eau vive *d'après un scénario de Giono, ainsi que* Le Foulard de Smyrne.

Août 1958. *Voyage en Italie, en Autriche et en Suisse.*

1959. *Début de sa collaboration au* Dauphiné libéré *et à* Nice-Matin. *Écrit le scénario de* La Duchesse *pour François Villiers.*

19 *mars* 1959. *Sylvie épouse le docteur Gérard Durbet.*

Mai 1959. *Voyage en Espagne.*

Juillet 1959. *Présente une anthologie de Maximilien Vos, typographe de Lurs.*

1960. *Début de ses séjours aux Baléares. Écrit et met en scène* Crésus *avec Fernandel. Naissance de son petit-fils, Philippe Durbet. Assiste aux Jeux olympiques de Rome.*

11 *avril* 1961. *Mort de son ami Lucien Jacques.*

Mai 1961. *Président du jury au Festival de Cannes.*

Août-septembre 1961. *Voyage en Italie.*

1962. *Victime d'une alerte cardiaque.*

1963. *Tournage d'*Un roi sans divertissement *: chef-d'œuvre de Giono au cinéma.*

Novembre 1963. *Élu au Conseil littéraire de Monaco.*

1964. *Naisance d'Agnès Durbet, sa petite-fille.*

1965. *Camus met en scène* Le Chant du monde.

Décembre 1965. *Représentation du* Voyage en calèche *sous le titre* La Calèche.

Janvier 1970. *Opéré d'une thrombose à l'aine.*

9 *octobre* 1970. *Mort de Giono à Manosque.*

Œuvres

1924 Accompagnés de la flûte
1928. Colline
1929. Un de Baumugnes
1930. Présentation de Pan
Regain
Naissance de l'Odyssée
Manosque-des-Plateaux
1931. Églogues *(illustrations de Hermine David)*
Le Grand Troupeau
1932. Solitude de la pitié *(nouvelles)*
Lanceurs de graines
Jean le Bleu
1933. Le Serpent d'étoiles
1934. Le Chant du monde
1935. Que ma joie demeure
1936. Rondeur des jours *suivi de* La Ville des hirondelles
Les Vraies Richesses *(illustrations de Kardas)*
1937. Le Bout de la route
Refus d'obéissance
Batailles dans la montagne
Les Larmes de Byblis
1938. Précisions
Le Poids du ciel
Lettre aux paysans sur la pauvreté et la paix
1939. Recherche de la pureté
1941. Pour saluer Melville
Moby Dick *(traduction ; avec Lucien Jacques et Joan Smith)*
1942. Triomphe de la vie
1943. L'Eau vive *(nouvelles)*
Théâtre (Le Bout de la route ; Lanceurs de graines ; La Femme du boulanger ; Esquisse d'une mort d'Hélène)
1944. Jofroi *(théâtre)*
1947. Un de Baumugnes *(nouvelle édition incluant* Histoire des Jason, Deux Cavaliers de l'orage, Le Choléra de 1838*)*
Un roi sans divertissement
Le Voyage en calèche
1948. Fragments d'un déluge
Noé
Fragments d'un paradis
1949. Mort d'un personnage

1950. Les Âmes fortes
Village
1951. Les Grands Chemins
Le Hussard sur le toit
1953. Le Moulin de Pologne
Arcadie, Arcadie !
Le Voyage en Italie
1955 L'Expédition *d'Humphrey Clinker de Smollett (traduction avec Catherine d'Ivernois)*
L'Écossais ou la Fin des héros
La Pierre
Notes sur l'affaire Dominici
1956. Lucien Jacques
Bernard Buffet
Romans *(édition illustrée de* Colline *et de* Batailles dans la montagne*)*
1957. Provence
Le Bonheur fou
1958. Le Bestiaire
Angelo
Hortense ou l'Eau vive *(avec Alain Allioux)*
1959. Domitien *suivi de* Joseph à Dothan *(théâtre)*
1961. Crésus
Le Grand Théâtre
1962. Chroniques romanesques *(avec deux inédits :* La Nuit du 24 décembre 1826 *et* Une histoire d'amour*)*
1963. Le Désastre de Pavie
1964. Platero et moi *de Juan Ramón Jiménez (traduction)*
1965. Deux Cavaliers de l'orage
Récits de la demi-brigade
1966. Le Déserteur
1968. La Belle Hôtesse *(nouvelles)*
Ennemonde et autres caractères
1969. La Chute des anges *(anonyme)*
Un déluge *(anonyme)*
Le Cœur-Cerf *(anonyme)*
1970. L'Iris de Suse
Le Poulain
De certains parfums

Extraits choisis

Le regain, c'est l'herbe qui repousse après la première coupe. Ici, un homme (Panturle) et une femme (Arsule) font renaître un village. Car Aubignane s'est peu à peu vidé de sa population, ne gardant que la Mamèche, Gaubert et Panturle. Un jour la Mamèche disparaît et Gaubert part vivre chez son fils et sa belle-fille, la Belline. Panturle se retrouve seul. Il finit par épouser Arsule, la compagne du rémouleur Gédémus. À eux deux, ils redonneront un second souffle à Aubignane en fournissant le meilleur blé de la région.

Regain

C'EST UN SOC ; UN SOC NU COMME UN COUTEAU. UN SOC TÊTU, aiguisé, arrogant, avec le flanc creux des bêtes qui courent à travers la colline ; une belle peau sans un pli. On le tiendrait en équilibre sur le poing.

Gaubert siffle entre ses dents :

— ... de garce ; il est de la bonne race, celui-là. Oui, il est de bonne race. C'est le dernier. Je l'ai encore fait à Aubignane. Prends-le, mets-le dans ton sac ; si la Belline entrait elle en ferait un malheur.

« Mets-le dans le sac puis écoute, parce que le soc, c'est beaucoup mais ça n'est pas tout.

« Tu iras à la forge là-haut. Tu sais que les derniers temps, je couchais en bas près de l'atelier. À cet endroit il y a un placard, un grand placard ; tu l'ouvriras.

« Tiens, prends la clef, là, dans la poche de mon gilet. Prends la clef ; après tu pourras la jeter ; elle ne servira plus. Là, dans ce placard, tu trouveras un bois d'araire tout près, tout fini, tout tordu dans les règles. Un bois de race aussi ; le bois qu'il faut pour ce soc. Tu monteras le soc avec les vis et les boulons qui sont aussi dans le placard pliés dans un morceau de journal. Maintenant, si c'est pour labourer là où tu m'as dit, sur la pente de derrière le village, là où c'est dur, il faudra tordre encore un peu le bois, pas beaucoup, un peu, juste un peu tordu, comme une cuiller à café, tu sais ? Pour ça, tu mettras le bois à tremper trois jours au trou du cyprès.

« Trois jours, pas plus, et tords lentement, en pesant sur ta cuisse, mais avant, essaye la charrue telle qu'elle est.

« J'aimerais mieux que tu ne la touches pas.

Panturle regarde le beau soc.

— Non, il dit, j'ai pas envie de tout démolir ! Tu dis que les boulons sont dans un papier ? Je la laisserai telle que.

« Comme tu l'as faite elle ira. S'il faut forcer un peu plus, je forcerai mais je la laisserai telle que. Ce que je veux, c'est du blé, c'est faire pousser du blé sur toute la bosse de Chènevières, c'est mettre du blé dans Aubignane jusqu'au ras des maisons. C'est tout remplir avec du blé, tant que la terre peut en porter.

Gaubert est immobile sur sa chaise, les mains mortes, croisées sur la canne. Il fait effort de la tête.

— Elle peut en porter, notre terre, crois-moi, elle peut en porter une grande épaisseur. De mon temps c'était renommé.

« Le jour où un homme dur s'y mettra, alors, ça sera une bénédiction de blé...

La Belline est entrée par la porte de derrière. Elle a un canard sous le bras et lui caresse les plumes.

— Enfant nous venons, enfant nous tournons, elle dit.

C'est la nuit quand Panturle est de retour. La porte est fermée. Il cogne du poing.

— Qui c'est ? demande la voix d'Arsule.

— Moi.

Elle ouvre.

— Je commençais à languir, tu sais.

Il quitte son sac de blé sur la table.

— Regarde, il dit. Regarde, le temps n'est pas perdu. Et puis ça, regarde, regarde ça.

Il dresse vers le jour de l'âtre le beau soc nu comme un couteau.

— Oh ! elle fait, ça c'est beau ; on dirait un devant de barque.

Jean GIONO, *Regain*

Montherlant

(1895-1972)

Roulez, torrents de l'inutilité !

Montherlant n'a pas bonne presse. On l'accuse d'esbroufe, de clinquant, de duplicité, de noblesse de carton-pâte. Les femmes ne l'aiment pas : elles sentent ses réticences et elles les lui rendent avec usure. On raconte qu'une bagarre, un soir, à Paris, au *Harry's Bar*, révéla la triste vérité : Hemingway, pour faire viril, portait une perruque de poitrine. Montherlant, pour faire grand, cacherait une petite mine et une stature plutôt malingre sous une armure d'hidalgo, sous un masque romain. Tâchons de mener notre enquête et de voir ce qui se dissimule sous le masque et sous l'armure.

D'une famille de petite noblesse, mais qui ne manque pas d'orgueil, Henry de Montherlant est fils unique. Première surprise, dès la jeunesse : à l'inverse de tant d'écrivains rebelles et révoltés, plus encore que ses études il aime beaucoup son collège dans les beaux quartiers et qui s'appelle Sainte-Croix-de-Neuilly. Il aime aussi beaucoup ses condisciples, et surtout l'un d'entre eux dont il dira plus tard : « Cet être est le seul que j'aie aimé de ma vie entière. » Plus que les femmes dont il se méfie, il aime les garçons et les collèges de garçons. Et tout un pan de son œuvre – *La Ville dont le prince est un enfant*, *Les Garçons*, *La Relève du matin*, qu'il publie à compte d'auteur après plusieurs refus d'éditeurs – est chargé de les célébrer. Le sport est inséparable de cette adolescence déjà raide et un peu cambrée. Montherlant a le culte des sportifs – *Les Onze devant la porte dorée*, *Le Paradis à l'ombre des épées* – et de la corrida : *Les Bestiaires*.

Quand la guerre éclate, il a dix-huit ans. Le père vient

de mourir et la mère est mourante. Elle le supplie de ne pas l'abandonner. Dès qu'elle meurt, il s'engage. Une polémique s'est instaurée sur l'attitude de Montherlant pendant la guerre. La statue du héros a été écornée par les révélations d'une correspondance, rendue publique notamment par Pierre Sipriot, entre Henry et sa grand-mère. Il semble que Montherlant n'ait pas hésité à faire jouer des relations à la fois pour se protéger et pour obtenir des distinctions. Qu'il ait servi la patrie ou qu'il s'en soit servi, la guerre inspire son *Chant funèbre pour les morts de Verdun*. Quand la grand-mère, qui n'avait pas une haute estime pour la littérature et que celle de son petit-fils inquiétait, meurt à son tour, Montherlant part pour plusieurs années. Il se rend, sans grande conviction, en « voyageur traqué », dans les pays riverains de la Méditerranée. *Aux fontaines du désir*, *La Petite Infante de Castille*, *Un voyageur solitaire est un diable* sortiront de cette expérience.

À son retour en France, Montherlant se souvient de sa propre famille à Neuilly et notamment d'un oncle et d'un grand-oncle qui lui inspirent son premier grand succès : *Les Célibataires*. Suivie d'un recueil de poèmes : *Encore un instant de bonheur*, cette chronique de trois « fantoches aristocrates » sortis d'un passé évanoui, Octave et Élie de Coëtquidam et Léon de Coantré, leur neveu, « un original un peu simple d'esprit », le rend célèbre d'un seul coup. Il devient la coqueluche de Paris. Il refuse la direction du *Figaro* et caresse le rêve de devenir à son tour ce qu'ont été successivement un Barrès et un Gide : une idole de la jeunesse et son maître.

En Afrique du Nord, Montherlant est confronté à deux réalités d'importance inégale : le colonialisme et l'homosexualité. Sur chacun de ces deux sujets, il hésite à s'exprimer. Les femmes ne l'attirent pas mais il est catholique de formation et de sensibilité, et elles jouent un grand rôle dans sa vie, ou dans l'idée qu'il s'en fait. Deux fois, à dix ans de distance, il se fiance – et il rompt. Jacques Brenner souligne à juste titre une remarque un peu comique et involontairement révélatrice de cet ennemi des femmes : « Il s'agissait de fiançailles très sérieuses, avec prise de contact des notaires. » Le moins qu'on puisse dire est qu'il ne s'agit pas d'une explosion d'amour fou. De cette répulsion qui se cache derrière une fiction d'attirance naîtront *Les Jeunes Filles*, *Pitié pour les femmes*, *Le Démon du bien*, *Les Lépreuses*.

En un mot comme en mille, Costals, le héros, se conduit avec les femmes avec une insigne muflerie. Ce jeu de la muflerie est assez subtil : les femmes le détestent, naturellement, et, en un sens, il les attire. Et l'auteur, non content de soutenir avec beaucoup de mollesse qu'il ne se confond pas avec son personnage, se réfugie dans une ironie bourrue qui met les rieurs de son côté – et même parfois les pleureuses, telle Andrée Hacquebaut. Il est l'homme qui méprise les femmes et que les femmes détestent – et qu'elles adorent détester.

Ce jeu de l'ambivalence ironique entre le mufle et ses victimes n'est pas le seul, en ce temps-là, à occuper Montherlant. Il est un des premiers à exprimer un sentiment qui deviendra un des ponts aux ânes de plusieurs générations successives : il a mal à la France. Ce mal prend des allures qui vont un peu plus loin que l'attitude classique des réactionnaires professionnels. Ce qu'il a vu en Afrique du Nord l'a rejeté du côté des colonisés plutôt que des colonisateurs, dont il condamne l'attitude. Il parle – et il est un des rares à l'époque – d'élever une statue aux vaincus. Et il écrit : « Les colonies sont faites pour être perdues. Elles naissent avec la croix de mort au front. »

La France elle-même, la France de l'entre-deux-guerres, lui déplaît souverainement. Il éprouve pour les Français les mêmes sentiments que pour les femmes : sous une apparente attirance, une exaspération qui va jusqu'au mépris. Ce qui les mène – et à coup sûr vers la catastrophe –, c'est une « morale de midinette ». Il écrit *Service inutile* : « L'âme dit *service* et l'intelligence dit *inutile*. » Il trouve des formules qui paraîtront superbes aux uns et boursouflées aux autres : « Nous sommes les chevaliers du néant... Je n'ai que l'idée que je me fais de moi pour me soutenir sur les mers du néant. »

En 1938, il est violemment hostile aux accords de Munich et, un an avant le pacte germano-soviétique, *L'Équinoxe de septembre* lui attire les éloges d'Aragon – « On n'est pas plus français que lui » – et le fait taxer de bellicisme. Moins de trois ans plus tard, dans *Le Solstice de juin*, le belliciste d'hier prêche « l'acceptation » du sort fait à la France et qu'elle a mérité par ses fautes. Montherlant illustre, et il n'est pas le seul, le retournement si caractéristique de l'époque : une certaine droite antiallemande, qui ne rêvait que plaies et bosses, se résigne à l'ordre nouveau et à l'inévitable ; une certaine gauche, qui a sa part de responsabilité dans la faiblesse de la France en face d'Hitler, se réveille – un peu tard – et mène un combat désespéré. Il y a, à droite, une exception éclatante : le général de Gaulle ; et, à gauche, sans même parler de Doriot ou de Déat, la Chambre qui vote les pleins pouvoirs à Pétain est la Chambre du Front populaire.

Montherlant, en tout cas, ne mène pas le combat qui aurait pu le changer en héraut de cette Résistance qui était faite pour lui. Il n'est pas à la hauteur de ses propres exigences. Il ne serait pas équitable de dire qu'il se rallie à Vichy, dont le moralisme bêtifiant n'est pas sa tasse de thé. Mais, après la catastrophe, ce résistant d'avant la catastrophe laisse aux gaullistes et aux communistes le soin de se battre pour l'honneur et pour leurs convictions. La clé de l'attitude de Montherlant, peut-être faut-il la chercher, plus de vingt ans plus tard, dans sa dernière pièce : *La Guerre civile*. Pompée y déclare : « Demain, les deux partis seront confondus chez les morts, après-demain, confondus dans l'oubli. » Vingt ans après l'heure du choix, c'est trop facile et c'est trop tard.

À Paris, sous l'occupation allemande, comme tant d'autres et comme Sartre, il fait jouer deux pièces : *La Reine morte*, qui est un immense succès, et *Fils de personne*. Un même thème court à travers les deux pièces : le refus de la médiocrité. Dans *Fils de personne,* un père s'éloigne de son fils parce qu'il le juge médiocre. Et dans *La Reine morte* s'élève le cri qui est comme l'emblème de Montherlant : « En prison !... en prison pour médiocrité ! »

Avec l'alternance, chargée d'épuiser toutes les richesses du monde, la grandeur, le sacrifice, la soumission au devoir et à l'idéal, le refus de toute bassesse sont les thèmes constants de Montherlant. Mais toutes les actions des hommes, en même temps, sont frappées d'insignifiance et d'inutilité. Le secret de Montherlant réside peut-être dans ce paradoxe : le culte du héros, le sens de la grandeur, l'élan vers autre chose pour quoi vivre et mourir sont chantés par un sceptique. Ouvrez-vous, portes de la nuit ! Et derrière, il n'y a rien. Roulez, torrents de l'inutilité !

À la Libération, comme Giono, comme Anouilh, avec la même injustice dénoncée superbement par Paulhan, Montherlant fut en butte aux assauts du Conseil national des écrivains. Il en éprouva de l'amertume et « la soif d'un immense retirement ». La grandeur dans le retirement, qui découle directement et de *Service inutile*, et de l'occasion manquée de la résistance à l'ennemi, et de l'iniquité des attaques de la Libération, est à la source de trois grandes pièces aux confins de la politique et de la religion : *Le Maître de Santiago*, *Port-Royal*, *Le Cardinal d'Espagne*.

L'art de Montherlant est alors à son sommet. Il est en son temps – comment le nier ? – l'incarnation même du grand écrivain. À contre-courant de son temps, et en rupture avec lui : « Il faut n'être de rien, n'être à rien, n'être rien. » Le style, dans le théâtre surtout, est peut-être un peu trop tenu, un peu guindé. Mais il est à l'unisson de la hauteur lassée de l'homme et de ses héros. Au milieu de l'agitation générale qui précipite les meilleurs vers les rêves et les honneurs et l'or du Nouveau Monde, le Maître de Santiago s'enferme dans une solitude et un silence qui peuvent paraître dédaigneux mais qui relèvent d'une espèce de mystique du néant : « Tant de choses ne valent pas la peine d'être dites ; et tant de gens ne valent pas que les autres choses leur soient dites. Cela fait beaucoup de silence. » Le Maître de Santiago ne veut ni s'enrichir, ni combattre les Indiens, ni obtenir des titres et des places qu'il méprise autant que l'argent. À quoi, mais à quoi donc peut-il bien s'intéresser ? se demandent autour de lui des amis et des pairs pleins de bonnes intentions. « Mais à l'âme, monsieur. Ne le savez-vous pas ? » répond Mariana, sa fille, qui est seule à le comprendre et qu'il aime entre tous. L'âme, bien sûr. La grandeur. Et toutes les vertus cardinales. Mais, en fin de compte, sans Dieu. La grandeur, inextricablement, est liée au désespoir. Il y a du Cioran chez l'auteur de *Service inutile* et du *Maître de Santiago*. Montherlant est un sceptique fou d'espérance et de foi.

Entré à l'Académie française – « Roulez, torrents de l'inutilité ! » – sans lettre de candidature ni discours, sous la Coupole, mais avec une élection de maréchal, Montherlant donne encore deux romans dont on peut se passer – *Le Chaos et la Nuit*, *Un assassin est mon maître* –, et surtout ses incomparables *Carnets*, suivis de *Va jouer avec cette poussière*, de *La Marée du soir* et de *Tous feux éteints*. Je me rappelle la lecture de quelques-unes de ces pages dans une île grecque presque déserte. À chaque instant une hauteur, souvent tempérée par l'humour, trouve des bonheurs d'expression. Malraux peut parler à juste titre de « l'union fort rare de l'ironie avec une écriture royale ».

Le mépris de tout ce qui fait courir les hommes, depuis l'argent jusqu'aux honneurs, éclate dans ces écrits comme dans les grandes pièces politiques et religieuses. Un fil continu court de *Service inutile* au *Maître de Santiago* et aussi à *Va jouer avec cette poussière*. La seule activité qui trouve grâce aux yeux de Montherlant, c'est l'amour – ou peut-être plutôt la « chasse ». Montherlant faisait déjà dire à un de ses héros, Don Juan : « De tout côté, autour de moi, je ne trouve que la nuit noire ; mes heures de chasse et d'amour sont les seules étoiles de cette nuit ; elles en sont l'unique clarté. »

Ce qu'il y a de plus fort chez Montherlant, c'est le style. Ce style est au service de deux convictions apparemment contradictoires. La première est d'un pessimisme noir : la vie n'a pas de sens, tout est également inutile et il n'y a d'espérance ni ici-bas ni ailleurs ; la deuxième prend sa source dans une éducation catholique assez vite abandonnée, mais dont il reste pourtant quelque chose, et dans le culte des grands hommes de l'antiquité païenne : il faut se conduire dans cette nuit noire et dans ce chaos sans espoir avec grandeur, avec noblesse, avec élévation et tâcher, malgré tout, et pour rien, d'aller toujours plus loin et plus haut. Car « tout ce qui est atteint est détruit ».

On peut comprendre André Gide qui s'écrie : « Il y a là de la caracole, de la piaffe, cela sent son cheval de race et l'étalon cabré, mais également un peu le cirque, les tréteaux et le regard étonné du public auquel sans cesse il fait appel. »

C'est pour répondre à Gide, et à Sartre, et à Simone de Beauvoir, et à tous ceux qui dénoncent son affectation de hauteur et sa grandeur de carton-pâte – et pour se répondre aussi à lui-même dont la santé décline et qui est en train de perdre la vue – que Montherlant, le soir de l'équinoxe de septembre, choisissant définitivement le stoïcisme antique contre l'acceptation chrétienne, donne rendez-vous chez lui, quai Voltaire, à une heure très précise, à un être qui lui est cher. Quand l'heure approche, il absorbe une dose mortelle de poison. Quelques instants avant le rendez-vous, il se tire une balle de pistolet dans la bouche. Quand l'ami arrive, à l'heure dite, il trouve le corps sans vie de l'auteur de *Service inutile*, du *Maître de Santiago* et de *Va jouer avec cette poussière*. « Je ne crois que les histoires, disait Pascal, dont les témoins se feraient égorger. »

Biographie

20 **avril** *1895. Naissance de Henry Millon de Montherlant à Paris. Sa grand-mère maternelle jouera un grand rôle dans sa vie.*

1905. Entre au lycée Janson-de-Sailly. Y rencontre Faure-Biguet.

1906. Étudie chez lui.

1907. À l'école Saint-Pierre de Neuilly.

1909. Découvre la tauromachie à Bayonne.

1910. À l'école Sainte-Croix de Neuilly.

Juillet *1911. Réussit la première partie du baccalauréat.*

Été *1911. À Bayonne, s'initie à la tauromachie et torée des taurillons.*

Octobre *1911. Président de l'Académie littéraire de Sainte-Croix.*

1912. Fonde un « ordre », La Famille, au sein de Sainte-Croix dont les membres sont liés par un serment. La direction du collège s'en inquiète. Il est renvoyé de Sainte-Croix.

Octobre *1912. Reçu à la deuxième partie du baccalauréat.*

Novembre *1912. En droit à Paris. Il prend des leçons de danse. Loue une chambre en cachette. Y reçoit des modèles pour ses dessins de nus.*

1913. Échoue aux examens.

1914. Mort de son père. Période de grand isolement. Découvre Nietzsche, Saint-Simon, D'Annunzio, Goethe, Hugo, Flaubert, Chateaubriand, Barrès.

15 **août** *1915. Mort de sa mère qui ne s'était jamais remise de ses couches.*

1915. S'inscrit au club sportif du parc des Princes.

1916. Vive passion pour une jeune Sud-Américaine, « l'Oiseau des îles ».

Septembre *1917. Reconnu bon pour le service auxiliaire. Envoyé à Mirecourt comme secrétaire à l'état-major du général Castelnau.*

5 **mai** *1918. Nommé adjoint d'un officier de renseignements.*

6 **juin** *1918. Blessé à Bande-Laveline (Vosges). Six éclats d'obus ne pourront être extraits.*

23 **août** *1919. Il est démobilisé. Fonde L'Ordre, ordre de chevalerie qui ne dure que neuf mois.*

Janvier *1920. Secrétaire général de l'Ossuaire de Douaumont. Collabore aux* Écrits nouveaux, *au* Gaulois, *au* Figaro, *à* La Revue hebdomadaire. *Noue une liaison avec « Douce » qui durera neuf ans. Se lie d'amitié avec Peyrony, garçon rencontré au stade. Rencontre Dominique S***. Très sportif, il court le cent mètres en 11"4/5.*

1923. Mort de sa grand-mère. Décide de reprendre la tauromachie.

Janvier-juin *1925. Séjours à Madrid et à Séville. Torée et rencontre le matador Belmonte.*

Octobre *1925. En Andalousie. En novembre, il est blessé par un taureau. Se désintéresse de Douce, de Dominique et de Peyrony.*

***Octobre** 1926. Se rend en Afrique du Nord en passant par l'Espagne. S'installe à Tunis jusqu'en avril 1927.*

***Juin** 1927. Revient à Paris.*

1928. À Alger où il lit beaucoup et écrit.

***Février** 1929. Revient en France par le Maroc et l'Espagne. Lors d'une retraite à l'abbaye de Montserrat, il rencontre un moine qui ne croit pas. Il lui inspirera le personnage de l'abbé de Pradts.*

***Septembre** 1930. S'installe à Alger pour écrire* La Rose de sable.

***Mars** 1932. Revient à Paris avec son manuscrit. Collabore au* Figaro, *à* L'Écho *et à la* Revue des Deux Mondes.

*23 **mai** 1934. Reçu dans le grand amphithéâtre de la Sorbonne ; y rencontre une jeune fille, Jeanine.*

*28 **juin** 1934. Obtient le Grand prix de littérature de l'Académie française.* Les Célibataires *obtiennent le prix Northcliffe-Heineman.*

***Août** 1934. Se rend à Alger, quittant brusquement Jeanine. Il consent à sa venue en Algérie où elle passera un mois. Après quoi ils rentrent à Paris pour se marier.*

*4 **novembre** 1934. Nouvelle rupture : il retourne à Alger.*

1935. Pour échapper à Jeanine, il retourne à Alger puis dans le Sud marocain.

1938. Il est antimunichois.

1939. À Nice, il soigne une maladie pulmonaire.

*20 **mai** 1940. Correspondant de guerre pour* Marianne.

***Juin** 1940-**mai** 1941. Séjourne à Marseille.*

1941. Solstice de juin *est d'abord interdit par les Allemands.*

*8 **décembre** 1942. Première de* La Reine morte *à la Comédie-Française.*

*18 **décembre** 1943. Création de* Fils de personne *au théâtre Saint-Georges.*

1944. À la fin de la guerre, on lui reproche d'avoir écrit dans des journaux autorisés sous l'Occupation. Il doit se cacher jusqu'au non-lieu le concernant. Condamné à un an de suspension du droit de publier en France.

*26 **janvier** 1948. Création du* Maître de Santiago *au théâtre Hébertot.*

*9 **mai** 1949. Création de* Demain il fera jour *au théâtre Hébertot : échec.*

*20 **octobre** 1950. Échec de* Celles qu'on prend dans ses bras *à la Madeleine.*

*19 **décembre** 1950. Création de* Malatesta *au théâtre Marigny.*

1952. Quinze soirées avec Montherlant *sont diffusées à la radio par Pierre Sipriot.*

*8 **décembre** 1854. Création de* Port-Royal *à la Comédie-Française.*

1955-1958. Années consacrées à l'écriture.

*4 **novembre** 1958. Création de* Don Juan *à l'Athénée : échec.*

1959. Une violente insolation va occasionner des troubles de santé qui dureront jusqu'à sa mort.

***20 mars** 1960. Élu à l'Académie française.*

***18 décembre** 1960. Première à la Comédie-Française du* Cardinal d'Espagne. *Des manifestations troublent les représentations.*

***27 janvier** 1965. Création de* La Guerre civile *à l'Œuvre.*

***1er mai** 1966. Malaise alarmant.*

***8 décembre** 1967.* La ville dont le prince est un enfant *connaît un triomphe pendant quatre ans au théâtre Michel.*

1968. Ne voit plus de l'œil gauche.

1970. Détruit le manuscrit du Préfet Spendius.

***Février** 1972. Plusieurs chutes le conduisent en clinique.*

***21 septembre** 1972. Se suicide en laissant une lettre à Jean-Claude Barat, son héritier.*

***Avril** 1973. Ses cendres sont dispersées à Rome.*

Œuvres

1920. Discours aux morts
La Relève du matin
1921. La Relève du matin *(édition augmentée du* Jeudi de Bagatelle*)*
1922. Le Songe
1924. Le Chant funèbre pour les morts de Verdun
Les Olympiques
Le Paradis à l'ombre des épées
Les Onze devant la porte dorée
1926. Les Bestiaires
1927. Aux fontaines du désir
1929. La Petite Infante de Castille
L'Exil
1934. Les Célibataires
1935. Service inutile
1936. Les Jeunes Filles *(Chronique en quatre volumes. Publication jusqu'en 1939.)*
Pitié pour les femmes
1937. Le Démon du bien
1939. Les Lépreuses
1938. L'Équinoxe de septembre
1941. Le Solstice de juin
1942. La Reine morte
1943. Fils de personne
1946. Malatesta
Le Maître de Santiago
1948. Serge Sandrier
1949. Demain il fera jour
1950. Celles qu'on prend dans ses bras
1951. La ville dont le prince est un enfant
1954. L'Histoire d'amour de la Rose de sable
Port-Royal
1958. Don Juan
1960. Le Cardinal d'Espagne
1963. Le Chaos et la Nuit
1964. La Guerre civile
1966. Va jouer avec cette poussière, Carnets 1958-1964
1967. La Rose de sable *(version intégrale)*
1969. Les Garçons *(édition tronquée)*
1971. Un assassin est mon maître
1972. La Marée du soir, Carnets 1968-1971
1973. Mais aimons-nous ceux que nous aimons ?
Les Garçons *(version intégrale)*
1975. Tous feux éteints, Carnets 1965, 1966, 1967, sans date et 1972
1978. Album de la Pléiade

Extraits choisis

Lettres d'un père à son fils *est paru en 1934 avant d'être intégré au recueil* Service inutile *publié en 1935, recueil de textes pour rendre « service » tout en sachant ce propos inutile.*

Dans ce court texte, l'auteur imagine une lettre dans laquelle un père définit à son fils les qualités humaines et surtout morales nécessaires pour mener à bien notre existence terrestre.

Lettre d'un père à son fils (fragment)

Les vertus que vous cultiverez par-dessus tout sont le courage, le civisme, la fierté, la droiture, le mépris, le désintéressement, la politesse, la reconnaissance, et, d'une façon générale, tout ce qu'on entend par le mot de générosité.

Le *courage* moral, qui a une si bonne presse, est une vertu facile, surtout pour celui qui ne tient nul compte de l'opinion. Si on ne l'a pas, l'acquérir est une affaire de volonté, c'est-à-dire une affaire facile. Par contre, si on ni a pas le courage physique, l'acquérir est une affaire d'hygiène, qui sort du cadre que je me suis tracé ici.

Civisme et patriotisme ne font qu'un, si le patriotisme mérite son nom. Vous êtes d'un pays où il y a du patriotisme par saccades, et du civisme, jamais où le civisme est tenu pour ridicule. Je vous dis : « Si vous êtes patriote, soyez-le sérieusement », comme je vous dirais « Si vous êtes catholique, soyez-le sérieusement. » Je ne fais pas grand cas d'un homme qui défend avec vaillance, en temps de guerre, le pays qu'il a affaibli par mille coups d'épingle en temps de paix. N'ayez pas besoin que votre pays soit envahi, pour le bien traiter. Conduisez-vous aussi décemment dans la paix que dans la guerre, si vous aimez la paix.

La vanité, qui mène le monde, est un sentiment ridicule. L'orgueil, fondé, n'ajoute rien au mérite ; quand j'entends parler d'un « bel orgueil », cela me laisse rêveur. Non fondé, il est lui aussi ridicule. La seule supériorité de l'orgueil sur la vanité, ctest que la vanité attend tout, et que l'orgueil n'attend rien ; lorgueil n'a pas besoin de se nourrir, il est d'une sobriété folle. À mi-chemin entre la vanité et l'orgueil, choisissez la *fierté*.

La *droiture* est ceci et cela, et en outre elle est une bonne affaire. Elle obtient tout ce qu'obtient la rouerie, à moindres frais, à moindres risques, et à moindre temps perdu.

Le désintéressement n'a d'autre mérite que de vous tirer du vulgaire, mais il le fait à coup sûr. Toutes les fois que, pouvant prendre, vous ne prendrez pas, vous vous donnerez à vous-même cent et mille fois plus que vous ne vous fussiez donné en prenant. De toutes les occasions dont vous ne voudrez pas profiter, dans le monde invisible vous vous bâtirez une cathédrale de diamant. La France d'aujourd'hui a créé un certain nombre de mots véritablement obscènes, parmi lesquels celui de resquiller. Ne *resquillez* pas, fût-ce dans le domaine le plus humble, car cela va du petit au grand.

Le *mépris* fait partie de l'estime. On peut le mépris dans la mesure où on peut l'estime. Les excellentes raisons que nous avons de mépriser. Qui ne méprise pas le mal, ou le bas, pactise avec lui. Et que vaut l'estime de qui ne sait pas mépriser ? J'avais toujours pensé qu'on pouvait fonder quelque chose sur le mépris ; maintenant je sais quoi : la moralité. Ce n'est pas l'orgueil qui méprise ; c'est la vertu. Aussi sera-t-il beaucoup pardonné à celui qui aura beaucoup méprisé. Et encore j'ajoute ceci : qu'il n'y a pas besoin de n'être pas méprisable, pour mépriser. Il n'y a pas de haine sérieuse, qui ne contienne du mépris. Par exemple, je ne hais pas les Allemands, parce que je ne les méprise pas.

Un des signes du déclin de la France est qu'elle ne soit plus capable de mépris.

La *politesse*, parce que son défaut corrompt tout. Dans le monde d'aujourd'hui, où la politesse sera bientôt plus rare encore que la vertu, nous en viendrons au point où quelques-uns finiront par juger que mauvaise éducation égale mauvaise action. Vous donnerez toujours la politesse le premier, avant de savoir si on vous la donnera, et vous y tiendrez la main surtout à l'égard des petits. Si on ne vous la donne pas, vous romprez avec ces gens-là, quels que soient les intérêts ou les passions qui soient engagés entre vous et eux, et quels que soient leur qualité ou leur mérite. Et vous noterez que l'extrême politesse est aussi nécessaire entre amis qu'entre étrangers : le défaut de politesse, chez l'un des amis, corrompt puis brise une amitié, aussi sûrement qu'un tort plus éclatant. La politesse vous cernera les yeux, car il y faut une grande dépense nerveuse. Mais on ne peut s'en passer.

En règle générale, vous vous souviendrez de prévenir toujours les petits, quand ils ne prétendent pas, et de vous tenir réservé avec les grands. Gentillesse avec les petits, complaisance avec les moyens, qui-vive avec les grands. Sans oublier qu'il faut autant de charité à l'égard des grands qu'à l'égard des petits.

La *reconnaissance* est un sentiment si contraire à la nature que, si vous n'y prenez une garde sévère, ce sentiment risque fort de vous échapper. Une personne de vie un peu forte se moque bien qu'on lui témoigne de la reconnaissance ou non. Mais ne tablez pas sur tant de vitalité.

Si vous avez ces vertus-là, le reste importe moins. Il importe peu, par exemple, que vous croyiez en Dieu ou non. Vous pouvez penser là-dessus comme bon vous semblera.

Il importe peu que vous aimiez ou non votre prochain. Mais ne recherchez pas son amour. D'abord, parce que celui qui vous donne son amour vous prend votre liberté. Ensuite, parce que chercher,à plaire est la pente la plus glissante pour piquer droit vers le plus bas niveau. Nous avons à prendre aux femmes, crainte de nous limiter en étant trop virils, maint instinct propre à leur sexe. Mais, pour Dieu pas celui-là.

Il importe peu que vous vous dédiez ou non au plaisir des sens. Vous entendez dire que la volupté exclut la spiritualité, exclut la charité, exclut la bonne santé, etc. C'est une imposture. Une nature bien pleine et équilibrée arrange tout cela, et s'en arrange. Ce sont des passions qu'il suffit de piloter, voilà tout. « Dieu sait que vous ne pouvez pas vous empêcher de penser aux femmes » (Coran). Mais c'est dans ce domaine-là surtout \ qu'il vous faudra avoir de la tenue. Prenez garde de rien souffrir des femmes, qui vous cabrerait venant d'un homme. Le bonheur que vous donne un être ne lui crée pas de droits sur vous. Soutenir cette pensée n'est pas toujours facile, et d'autant moins qu'on doit le concilier avec la grande reconnaissance que mérite quiconque nous a donné le plaisir.

Service inutilie, Henry MILLON DE MONTHERLANT

Histoire

1848. Ruée vers l'or en Californie.
1855. Procédé Bessemer de fabrication de l'acier.
1869. Découverte du pétrole.
1874. Création de l'inspection du travail.
1878. Première lampe électrique : lampe Edison.
1881. Jules Ferry : école primaire gratuite.
École primaire obligatoire et laïque (Jules Ferry).
1884. Loi Waldeck-Rousseau autorisant les syndicats.
1892. Loi interdisant le travail des enfants de moins de douze ans.
1895. Création de la CGT.
2 juillet 1901. Loi sur les associations.
1904. Entente cordiale : accord France-Angleterre.
Février 1904. Guerre russo-japonaise.
1905. Création du parti socialiste.
9 décembre 1905. Loi séparant les Églises de l'État.
1906. Création du ministère du Travail.
1er mai 1906. Grève générale.
13 juillet 1906. Loi sur le repos hebdomadaire.
1908. L'Autriche annexe la Bosnie-Herzégovine.
1910. Loi sur les retraites ouvrière et paysanne.
Octobre 1912. Guerre des Balkans.
1913. Le service militaire passe de deux à trois ans.
28 juin 1914. Assassinat à Sarajevo de l'archiduc d'Autriche, François-Ferdinand.
31 juillet 1914. Assassinat de Jean Jaurès.
2 août 1914. Mobilisation générale.
6-13 septembre 1914. Bataille de la Marne.
1915. Génocide arménien en Turquie.
Mai 1915. L'Italie entre en guerre.

21 février 1916. Bataille de Verdun.
2 avril 1917. Entrée en guerre des États-Unis.
16 avril 1917. Attaque française au Chemin des Dames.
15 octobre 1917. Mata-Hari est fusillée pour intelligence avec l'ennemi.
Novembre 1917. Révolution d'Octobre en Russie. Prise du pouvoir par les bolcheviks. Création de l'URSS.
Mars 1918. Percée allemande sur la Somme.
Mai 1918. Percée allemande au Chemin des Dames.
11 novembre 1918. Armistice.
1919. Loi sur les statuts des conventions collectives. Loi limitant la journée de travail à huit heures.
28 juin 1919. Traité de Versailles qualifié de diktat par Hitler. Création de la SDN.
Mai 1920. Grève générale des cheminots.
Décembre 1920. Naissance du parti communiste au Congrès de Tours.
1922. Mussolini prend le pouvoir en Italie. Création officielle de l'URSS.
Janvier 1922. Poincaré président du Conseil.
Janvier 1923. Les troupes françaises occupent la Ruhr.
1924. Succès du Cartel des gauches. Ministère Herriot.
1925. Chute du cabinet Herriot.
Juillet 1926. Retour de Poincaré à la présidence du Conseil. Crise du franc.
Août 1927. Exécution des anarchistes Sacco et Vanzetti aux États-Unis.
1928. Loi sur les assurances sociales.
25 juin 1928. Stabilisation du franc par Poincaré.
1929. Démission de Poincaré. Krach boursier de Wall Street (New York). Crise économique mondiale.
1930. Création des assurances sociales.
21 septembre 1931. Loi obligeant les entreprises au système d'allocations familiales.
30 janvier 1933. Arrivée de Hitler au pouvoir. Mise en place des camps de concentration pour les juifs, les homosexuels et les gitans.
6 mars 1933. Le dollar est dévalué par Roosevelt.
12 février 1934. Grève générale.
27 juillet 1934. Pacte entre le PCF et la SFIO.
12 octobre 1934. Violette Nozière est condamnée à mort. Elle sera graciée par le président de la République.
Mars 1935. L'armée allemande se reconstitue.

2 mai 1935. Pacte franco-soviétique.
14 juillet 1935. Manifestation du serment du Front populaire.
Octobre 1935. Début de la guerre d'Éthiopie.
7 mars 1936. Hitler remilitarise la Rhénanie.
Avril-mai 1936. Victoire du Front populaire aux législatives.
Mai-juin 1936. Grève générale.
Juin 1936. Loi sur les congés payés (deux semaines annuelles) et la semaine de quarante heures. Création des conventions collectives et des délégués d'atelier.
18 juillet 1936. Guerre civile espagnole.
1937. Création de la SNCF : nationalisation des chemins de fer.
1938. Émancipation juridique de la femme mariée.
12 mars 1938. Anschluss.
29 septembre 1938. Accords de Munich.
12 novembre 1938. Relèvement des allocations familiales. Politique nataliste.
Novembre 1938. Nuit de cristal dans toute l'Allemagne organisée par les nazis.
Mars 1939. Hitler occupe la Tchécoslovaquie.
2 mars 1939. Élection de Pie XII.
29 juillet 1939. Code de la famille.
23 août 1939. Pacte germano-soviétique.
1er-3 septembre 1939. L'Allemagne envahit la Pologne. La France alliée à l'Angleterre déclare la guerre à l'Allemagne.
26 septembre 1939. Dissolution du parti communiste français.
10 mai 1940. Début de l'offensive allemande.
13 mai 1940. Percée allemande dans les Ardennes.
16 juin 1940. Pétain président du Conseil.
18 juin 1940. Appel du général de Gaulle.
10 juillet 1940. Les deux Chambres donnent les pleins pouvoirs à Pétain à Vichy.
13 août 1940. Dissolution des sociétés secrètes.
3 octobre 1940. Statut des juifs.
24 octobre 1940. Entrevue Hitler-Pétain : début de la collaboration.
22 juin 1941. Invasion allemande du territoire soviétique.
4 octobre 1941. Charte du travail : syndicats uniques.
7 décembre 1941. Attaque de Pearl Harbor.
1942. Mise en application de la solution finale : extermination systématique de la population juive d'Europe par les nazis.
Juillet 1942. Rafle du Vél'-d'hiv'.
18 avril 1942. Laval est nommé chef du gouvernement.
8-11 novembre 1942. Débarquement américain en Afrique du Nord. Zone libre occupée par l'Allemagne.

27 mai 1943. Première réunion du Conseil national de la résistance.
1er février 1944. Création des FFI (Forces françaises de l'intérieur).
6 juin 1944. Débarquement allié en Normandie.
15 août 1944. Débarquement allié dans le golfe de Fréjus.
19 août 1944. Insurrection de Paris.
25 août 1944. Capitulation des Allemands à Paris.
14 décembre 1944. Nationalisation des Charbonnages du Nord-Pas-de-Calais.
1945. Les femmes votent pour la première fois.
16 janvier 1945. Nationalisation des usines Renault.
30 janvier 1945. Libération des camps de concentration d'Auschwitz.
22 février 1945. Création des comités d'entreprise.
8 mai 1945. Capitulation du IIIe Reich.
Juin 1945. Nationalisation d'Air France.
6 août 1945. Les États-Unis lancent la bombe atomique sur Hiroshima.
9 août 1945. Largage de la bombe atomique américaine sur Nagasaki.
4 octobre 1945. Création de la Sécurité sociale.
2 décembre 1945. Nationalisation des banques de dépôt.
8 avril 1946. Nationalisation du gaz et de l'électricité.
25 avril 1946. Nationalisation des compagnies d'assurances.
7 mai 1946. Loi accordant aux Africains des colonies et des protectorats français citoyenneté et égalité des droits.
16 janvier 1947. Vincent Auriol, président de la République.
1947. Début de la guerre d'Indochine.
30 janvier 1948. Assassinat de Gandhi.
24 février 1948. Coup de Prague.
24 juin 1948. Blocus de Berlin.
14 mai 1948. Déclaration d'indépendance de l'État d'Israël lue par Ben Gourion.
4 avril 1949. Traité de l'Atlantique Nord.
1er octobre 1949. Création de la République populaire de Chine.
9 mai 1950. Plan Schuman de Communauté européenne du charbon et de l'acier.
25 juin 1950. Guerre de Corée et début de la guerre froide.
18 avril 1951. Communauté européenne du charbon et de l'acier.
1953. Mort de Staline.
7 mai 1954. Chute de Diên Biên Phu. Fin de la guerre d'Indochine.
1er novembre 1954. Début des « événements » d'Algérie.
1955. Troisième semaine de congés payés.
1956. Fonds national de solidarité (minimum vieillesse). Soulèvement de Budapest réprimé par les chars soviétiques.

5-6 novembre 1956. Crise de Suez : expédition.
7 janvier 1957. L'armée reçoit les pleins pouvoirs en Algérie.
25 mars 1957. Traité de Rome : Marché commun et Euratom.
1958. Ve République. De Gaulle prend le pouvoir.
28 septembre 1958. Constitution de la Ve République approuvée par référendum.
28 décembre 1958. Naissance du franc lourd.
31 décembre 1958. Accord patronat et syndicats sur l'assurance chômage.
1959. L'école obligatoire jusqu'à seize ans.
1er janvier 1959. La France entre dans le Marché commun.
24 janvier 1960. Barricades d'Alger.
1960. Indépendance des États africains et de Madagascar.
1961. Construction du mur de Berlin. Début de la guerre du Viêt-nam.
22-25 avril 1961. Putsch des généraux à Alger. Création de l'OAS.
18 mars 1962. Accords d'Évian approuvés par référendum le 8 avril. Indépendance de l'Algérie.
28 décembre 1962. Quatrième semaine de congés payés.
1963. Assassinat du président Kennedy.
1965. Élection du président de la République au suffrage universel.
13 juillet 1965. Loi sur les régimes matrimoniaux.
1967. Guerre des Six-Jours en Israël.
28 décembre 1967. Loi Neuwirth autorisant la contraception.
1968. Révoltes étudiantes et grèves. Printemps de Prague : invasion de la Tchécoslovaquie par l'Union soviétique. Assassinat de Martin Luther King à Atlanta.
1969. Démission du général de Gaulle. Pompidou est élu président de la République.
1970. Mort du général de Gaulle.
26 juin 1972. Programme commun PC-PS.
1973. Conférence de Paris : retrait des troupes américaines du Viêt-nam.
Premier choc pétrolier : hausse mondiale du prix du pétrole. Début de la crise économique. Pinochet au pouvoir au Chili.
6 octobre 1973. Début de la guerre de Kippour en Israël.
2 avril 1974. Mort de Georges Pompidou.
Mai 1974. Valéry Giscard d'Estaing président de la République.
1975. Fin de la guerre du Viêt-nam.
17 janvier 1975. Loi Veil sur l'IVG (interruption volontaire de grossesse).
2 juillet 1975. Loi facilitant le divorce.
23 septembre 1977. Rupture de l'union de la gauche.

1979. Deuxième choc pétrolier. Invasion de l'Afghanistan par l'URSS. République islamique d'Iran.

Mai 1981. François Mitterrand président.

9 octobre 1981. Loi Badinter : abolition de la peine de mort.

1986. Catastrophe nucléaire de Tchernobyl.

Mai 1988. François Mitterrand président pour son second mandat.

1989. Chute du mur de Berlin. Événements de la place Tien-an-men à Pékin. Effondrement du bloc soviétique.

Décembre 1990. Effondrement de l'URSS.

1990. Invasion du Koweït par l'Irak.

1991. Guerre du Golfe. Guerre en ex-Yougoslavie.

1992. Guerre de Bosnie.

1994-1996. Première guerre de Tchétchénie.

1995. Fin de la guerre en ex-Yougoslavie : accords de Dayton.

Mai 1995. Jacques Chirac président.

1999. Guerre du Kosovo : bombardements de l'OTAN.

Littérature, art et société

Mai 1878. Inauguration du Palais du Trocadéro.
Février 1883. Mort de Richard Wagner.
Avril 1883. Mort de Manet.
25 mai 1887. Incendie à l'Opéra-Comique : plus de cent morts.
1895. Freud crée la psychanalyse. Style Art Nouveau.
1897. André Gide, *Les Nourritures terrestres.*
1896. Art nouveau.
1898. Pierre et Marie Curie découvrent le radium.
29 juillet 1898. Première liaison télégraphique.
1900. Le métro parisien. Exposition universelle à Paris. Premiers jeux Olympiques de l'ère moderne. Mouvement expressionniste.
1901. Article de Zola sur Dreyfus.
1902. André Gide, *L'Immoraliste.*
1903. Création de l'Académie Goncourt et du prix du même nom.
1905. Fauvisme en peinture.
1906. Réhabilitation de Dreyfus. Henri Matisse, *La Gitane.* Braque, *L'Estaque.*
1906-1907. Picasso, *Les Demoiselles d'Avignon.*
1907-1908. Braque, *Nu debout.*
1907. Naissance du cubisme. Victor Segalen, *Les Immémoriaux.* Henri Bergson, *L'Évolution créatrice.*
1908. Premier numéro de la *Nouvelle Revue française.*
1909. Futurisme.
1910. Naissance de l'art abstrait. Wassily Kandinsky, *Du spirituel dans l'art.*
2 septembre 1910. Mort du Douanier Rousseau.
1912. Jawlensky, *Nativité.* Kandinsky, *Avec l'arc noir.*
1913. Alain-Fournier, *Le grand Meaulnes.*
1916. Albert Einstein, *Fondements de la théorie de la relativité restreinte et généralisée.* Tristan Tzara lance le mouvement Dada.

1917. Giorgio De Chirico, *Intérieur métaphysique.*

26 septembre 1917. Mort d'Edgar Degas.

1918. Egon Schiele, *La Famille.*

1919. Marcel Duchamp, *L.H.O.O.Q.* Pierre Reverdy, *La Guitare endormie.*

1921. Albert Einstein, *Quatre conférences sur la théorie de la relativité.* Prix Nobel de physique. Mondrian, *Composition avec rouge, jaune et bleu.*

1922. Découverte de la tombe de Toutankhamon.

18 novembre 1922. Mort de Marcel Proust.

1923. Raymond Radiguet, *Le Diable au corps.*

1924. André Breton, *Premier manifeste du surréalisme.* Le groupe est alors composé de : Aragon, Artaud, Baron, Boiffard, Carrive, Crevel, Delteil, Desnos, Eluard, Ernst, Limbour, Malkine, Morise, Naville, Noll, Péret, Picon, Soupault, Vitrac.

12 octobre 1924. Mort d'Anatole France.

Décembre 1924. Premier numéro de *La Révolution surréaliste.*

1925. Style Art déco. Franz Kafka, *Le Procès.*

4 juin 1925. Mort de Pierre Louÿs.

1926. Otto Dix, *La Journaliste Sylvia von Harden.* Miró, *Personnage lançant une pierre à un oiseau.*

29 décembre 1926. Mort de Rainer Maria Rilke.

1927. Julien Green, *Adrienne Mesurat.*

6 octobre 1927. Fin du cinéma muet avec *Le chanteur de Jazz* d'Alain Crosland.

1929. Breton, *Second Manifeste du surréalisme.* Luis Buñuel, *Un chien andalou.*

1930. Luis Buñuel et Salvador Dalí, *L'Âge d'or.*

1931. Salvador Dalí, *Six Apparitions de Lénine sur un piano.*

22 janvier 1931. Réception de Pétain à l'Académie.

1932. Céline, *Voyage au bout de la nuit.*

1934. Montherlant, *Les Célibataires.*

1935. Tamara de Lempicka, *Pologne.* René Magritte, *Le Modèle rouge.*

18 juin 1935. Suicide de René Crevel.

1936. Henri Langlois et Georges Franju fondent la Cinémathèque française.

1938. Antonin Artaud, *Le Théâtre et son double.* Jean-Paul Sartre, *La Nausée.*

5 janvier 1941. Mort de Henri Bergson.

1942. Albert Camus, *L'Étranger.* Jean Anouilh, *Antigone.*

1945. Jean Dubuffet définit l'art brut. Vercors, *Le Silence de la mer.* Marcel Carné, *Les Enfants du paradis.*

27 janvier 1945. Charles Maurras condamné à la réclusion à perpétuité pour collaboration.

13 juillet 1945. L'éditeur Robert Denoël comparait pour collaboration.

1946. Boris Vian, *J'irai cracher sur vos tombes.* Jean Delannoy, *La Symphonie pastorale* (adaptation).

1947. Action painting. Boris Vian, *L'Écume des jours.* Christian Jaque, *La Chartreuse de Parme* (adaptation). Jacques Audiberti, *Le Mal court.* Fondation du Théâtre Renaud-Barrault.

1948. Mouvement Cobra. Hervé Bazin, *Vipère au poing.* Jean Cocteau, *Les Parents terribles.*

1949. Georges Bataille, *La Part maudite.* Jacques Tati, *Jour de fête.* Simone de Beauvoir, *Le Deuxième Sexe.*

1950. Art cinétique. Pop art. Beat Generation : beatniks. Gaston Chaissac, *La Tinette.* Jackson Pollock, *Composition.* Marguerite Duras, *Un barrage contre le Pacifique.*

1951. Marguerite Yourcenar, *Mémoires d'Hadrien.*

1952. Antoine Blondin, *Les Enfants du bon Dieu.* Jacques Becker, *Casque d'or.* Eugène Ionesco, *Les Chaises.* Georges Brassens, *Le Gorille.*

1953. Samuel Beckett, *En attendant Godot.* Alain Robbe-Grillet, *Les Gommes.* Henri-Georges Clouzot, *Le Salaire de la peur.* Léo Ferré, *Pauvre Rutebeuf.*

1954. Françoise Sagan, *Bonjour tristesse.*

1956. Romain Gary, *Les Racines du ciel.* Alain Resnais, *Nuit et brouillard.* Roger Vadim, *Et Dieu créa la femme.*

1957. Michel Butor, *La Modification.* Léo Ferré, *Les Poètes.*

1958. Philippe Sollers, *Une curieuse solitude.* Louis Malle, *Ascenseur pour l'échafaud.* Cinéastes de la nouvelle vague.

1959. Pierre Alechinsky, *Au pays de l'encre.* Blondin, *Un singe en hiver.* Raymond Queneau, *Zazie dans le métro.*

1960. Jean-Luc Godard, *À bout de souffle.*

1961. François Truffaut, *Jules et Jim.*

1962. Andy Warhol, *Marilyn Diptych.* Mimmo Rotella, *Nouveau Réalisme.* Jean Genet, *Le Balcon.* Yves Robert, *La Guerre des boutons.*

1963. J.M.G. Le Clézio, *Le Procès-Verbal.* Godard, *Le Mépris.*

1964. Roger Vaillant, *La Truite.* Jacques Demy, *Les Parapluies de Cherbourg.*

1965. Art conceptuel. Georges Perec, *Les Choses.* Olivier Messiaen, *Et expecto resurrectionem mortuorum.*

1966. Gilbert Cesbron, *C'est Mozart qu'on assassine.*

1967. David Hockney, *Un plus grand éclaboussement.* Claude Simon, *Histoire.*

1968. Patrick Modiano, *La Place de l'Étoile.* Yourcenar, *L'Œuvre au noir.*

1969. Victor Vasarely, *Ambigu.* Perec, *La Disparition.*

1970. Body art. François Nourissier, *La Crève. Hair* (comédie musicale). Michel Tournier, *Le Roi des Aulnes.*

1971. Pascal Lainé, *L'Irrévolution.* Pascal Jardin, *La Guerre à neuf ans.*

1972. Jean-Edern Hallier, *La Cause des peuples.*

1973. Michel Déon, *Un taxi mauve.* Bertrand Blier, *Les Valseuses.*

1974. Graffiti art. Claude Roy, *Le Malheur d'aimer.*

1975. Romain Gary-Émile Ajar, *La Vie devant soi.*

1976. Georg Baselitz, *Elke VI.* Musique punk. Jeanne Cordelier, *La Dérobade.*

1977. Bernard-Henri Lévy, *La Barbarie à visage humain.* Didier Decoin, *La Neige brûle.*

1978. Perec, *La Vie mode d'emploi.* Claude Chabrol, *Violette Nozières.*

1979. Trans-avant-garde italienne. Jeanne Bourin, *La Chambre des dames.*

1980. Nathalie Sarraute, *L'Usage de la parole.*

1981. Angelo Rinaldi, *La Dernière Fête de l'Empire.* André Téchiné, *Hôtel des Amériques.*

1982. Francesco Clemente, *Fortune.* Irène Frain, *Le Nabab.*

1983. Blade, *Oh Yess.* Marek Halter, *La Mémoire d'Abraham.*

1984. Gérard Garouste, *Orion le Magnifique, Orion l'Indien.* Marguerite Duras, *L'Amant.*

1985. Yann Queffélec, *Les Noces barbares.*

1986. Hector Bianciotti, *Sans la miséricorde du Christ.* Patrick Modiano, *Un dimanche d'août.*

1987. Claude Simon, *L'Invitation.* Maurice Pialat, *Sous le soleil de Satan.*

1988. Robert Combas, *Pearl Harbor.* Yourcenar, *Quoi ? L'Éternité.* Bruno Nuytten, *Camille Claudel.*

1989. Yves Navarre, *Hôtel Styx.* Nathalie Sarraute, *Tu ne m'aimes pas.* Bertrand Tavernier, *La Vie et rien d'autre.*

1990. Jean d'Ormesson, *Histoire du juif errant.* Jean Rouaud, *Les Champs d'honneur.*

1991. Henri Troyat, *Aliocha.*

1992. Paul Guimard, *L'Âge de pierre.* Claude Sautet, *Un cœur en hiver.*

1993. Jules Roy, *Amours barbares.*

1994. Gilles Perrault, *Le Secret du roi.* Patrice Chéreau, *La Reine Margot.*

1995. J.M.G. Le Clézio, *La Quarantaine.* Étienne Chatilliez, *Le bonheur est dans le pré.*

Table des matières

Librio

459

PCA – 44400 Rezé
Achevé d'imprimer en Europe
à Pössneck (Thuringe, Allemagne)
en avril 2001 pour le compte de E.J.L.
84, rue de Grenelle 75007 Paris
Dépôt légal avril 2001.

Diffusion France et étranger : Flammarion